青春日記

奥坂 京
OKUSAKA Kyo

文芸社

目次

ロスト・ラブ　――青春日記1　5
引きこもりの季節　――青春日記2　121
再生の湿原　――青春日記3　149

この作品はフィクションです。

ロスト・ラブ

――青春日記1

七月十三日

一週間ほど前に、同居していた妹が部屋を出て行った。家具を持たない主義の妹の荷物は少なかった。二間のアパート、一人で住むには広すぎる。いるべき者がいなくなると肌寒くなる。ビニールの衣装ケースなど家具の位置を変え、妹の残像を消した。

休日の午後四時、水割りを二杯飲んで日記帳を取り出したところだ。

H市の夏は暑い。東向きのガラス戸を開け、体を斜めにして、水割りを飲みながら、南方向の窓外を眺めている、そして書いている。やがて、ポツリポツリと降り始めた空は薄暗く、家々の輪郭が薄暮に馴染んでくる。

過ぎ去った恋の悲しみが、時の流れの中で薄れていく。ぽっかり空いた大きな穴、脱力と空虚、諦めの日々——あの恋は空行く雲、流れていってしまった。もう、どうやったって戻ってはこない。

四月に赴任してきた私立高校の教員室、東向きの西壁際に僕、すぐ前は空き机、通路スペースを隔てて南向きに同じ教科の彼女の机がある。四月に赴任してから、彼女の横顔を眺めてきた。顔を上げれば彼女の横顔、全身がボクの網膜の被写体。

背中を丸めて座る彼女は少し猫背、変化の少ない横顔、目前に美人画のように座す女教師は、ひざ下に手を添え、ロングスカートを畳み込むようにしてイスに腰かける。本読みやノートを持つ手、左手を添えて飲むお茶、弓なりに反る細い指。

英語科教員の五、六人が座る東の窓外には、コンクリートの建物や民家の屋根が見える。赴任した時から変わらない教員室の景色である。横座りするのは彼女の足が長すぎるからであろうか――、股を開けて座れば番長座りになってしまう。授業への行き来を中庭グラウンドから見上げることがある。白塗りの校舎にワンピースの緑、蝶が舞っているようだ。

彼女の服装は、少しばかりドレッシーすぎるようである。もっとも、長身で細身の彼女は何を着ても目立つ。頭部の小さい彼女は、十等身くらいに見える。モデルになれるスタイルである。物静かな動作が女性らしさを増している。おしとやかな美人教師。

いつしか、教員室や廊下などでの彼女の動きの全てが、ボクの脳裏に焼き付いていく。ボクは無意識に彼女の姿を追うようになってしまった。ボクが赴任して四か月目に入ったころである。


五月某日、彼女のアパート近くまで車で送ってあげた。

六月某日、再び送ってあげた。国道を挟んで東方向、職場から一キロ程度の距離だ。

六月某日、市街地まで送ってあげた。

＊

葎子の日記

Tuesday July 1 fine

うっとうしい梅雨も明けたのか、初夏の陽ざしがまぶしい。

七月に入った。県の教員採用試験まで一週間あまり。今日やっと願書を送った。本気で勉強しないと通らないかもしれないのに、私は相変わらずのんびりしている。一日受験勉強をやってみたが、次の日からはもう眠くって。

試験に落ちたら恥ずかしくて生徒に教えられなくなるぞ。

木曜日に性教育のロング、二限続きの授業がある。何やろうかな。私は女の生き方について考えてみたいんだけれど。

女にとって結婚って何だろう。女らしいってどういうことだろう。「ウーマンリブ」をどう思うのか。家庭と仕事をどう思うのか。男女平等に目覚めた女性、自我のはっきりした女性。自分の仕事や、人生の目的をはっきりもっている女性には、普通一般の男性は邪魔になるのではないだろうか。

誠実で優しくて、本当に女性を愛している男性でも、思想的に新しい女性の生き方を理解していなければ、最後には最も大きな敵になるのではないだろうか。男女が互いに愛してしまうことこそ、最も大きな誘惑だし障壁。しかし、女性はその障壁を乗り越えなければいけない。今は乗り越えない方が幸福かもしれない。でも、乗り越えなければいつまでたっても女性は男性の付属品にすぎない。

不幸になるのは女性の罪ではない。男性の罪でもない。古い道徳を押し付けたこれまでの歴史の所産だ。かわいい女、弱い女、バカな女を是としてきた社会。「女の子ですからー。浪人させてまで大学にやることはできません。四年制は年がいきますから。やはりあまり遠くに出すのは……」

「女の子だから、やっぱり男の子に合わせたい。彼が就職するんだから、短大に行くと嫌われるかも……」

そういう人はいてもいいけど、全般的傾向になっちゃいけない。英雄がいて、美女がいて、英雄の苦悩を美女がやさしく受けとめるとか、そんな中世的な男女関係はもう理想とすべきじゃない。『同棲時代』のように、ただ「好きか?」「うん好きよ」って関係もおかしい。女性はもっと自分の人格をはっきりさせなければいけない。だけどむずかしい。

同期のMさんってすてき。元々気に入っていたけど最近ますます素敵になってきたな。問題行動のある生徒との関わりを通じて、成長したのだろうか。Cさん、Eさんも着々と自分の歩みを運んでいる。同期の男性三人にくらべて、私はどうして成長しないのだろう。耐える力が弱いのだろうか。辛いのどうのと言って、なぜぶつかることを避けたのか。私の考えからも

「女性だから」という意識を除かなければならない。とはいえ、私も女性的な考えしかできないのだけど……。

私は、ずっと日記をつけることを避けてきた。書いてはいけないと思っていた。

いま、気になる男性がいる。同じ国語科の、新任Y先生。私より一つ上。実は最初から気に入っていた。Y先生が着任早々、Hさんたちと彼について無邪気に言い合ったところ、私が一番誉めたようだ。

五月の中間試験の時、バドミントンをいっしょにした。ダブルスで彼とペアになった。彼を強く意識した。試合は、私が足を引っ張って惨敗。バカみたいに辛く哀しくなり、他の試合の途中で帰ってしまった。

母が死んだ時、Y先生が来てくれないかな、と思った。授業があるんだから来るはずがない。母の葬式の日は、予想外にたくさんの先生が生徒を引率してこられた。O先生、校長先生、S先生、I先生、M先生、Hさん……。はるばると遠い所まで。Y先生は新任だし、同じ国語科というだけだから、来ないだろうなどと考えた。だから途中でY先生の姿を見た時、ハッとした。その時の姿が瞼に残っている……。

先週の水曜日、約束を交わして、Y先生と映画を観に行った。約束の時間の少し前に着いて、お手洗いで化粧を直して、出ていくと、ちょうど彼に出会った。自然に会釈して……人とばったり会って、あんなにうれしかったことはない。映画の前に食事をしていると、話題の映画

「卒業試験」を観に行こうって彼が言いだして、観る映画を変更して電車で移動した。目的地に着くと、雨が降っていた。私が自分の傘を出しかけたら、「開かなくっていい」って、彼の傘に入れてくれた。でも恥ずかしくてやっぱり自分で傘を開いたりして……。

私、気持ちはデレデレしてるんだけど、それを態度に出すことができない。

それから映画を観て、喫茶店で話していたけど、十時になるから帰ろうとした。彼が「送ってあげるから、もう少しだけ……」と言ってくれ、「バーW」に連れていってもらった。私を送らなきゃいけないからと、私にはモスコミュールをたのんで、自分はコーラなの。おもしろい人。とっても楽しかった。

帰り道、私のことを、冷たいだの、強いだの、偉そうすぎるだのと言ってた。私もそう見えることはわかっているつもり。でもそれは内面の弱さを出すまいとするからなんだけど。ああ～でも楽しい一晩だった。

……だけど次の日の辛かったこと。何となくドキドキして、早めに学校に行った。彼はギリギリしか来ないタイプだ。彼が来た時、私は採点続けながらあいさつした。それから一日中、彼のことをまともに見られないし、話したいのに意識しすぎて話もできない。どうすることもできず、イライラして泣きたくなった。

金曜日は七時まで残って、部活の指導から帰ってきた彼と話す機会ができた。送ってもらうことになったから、卓球教室に寄らずにまっすぐ帰ることにしたのに、三年生のLさんが校門で私を待っているの。Y先生に送ってもらうんだと言ったら、彼女は意味ありげに笑った。それでY先生との約束を断って、Lさんと帰った。Lさんは、「あの先生嫌いよ」だって。なぜって聞くと、にやけているからだそうだ。たしかに少し女性的な人かも。だから男の先生とあんまりつき合わないんだな。

……何書いてんだろ。

私、やっぱり自分がくやしいんだ。彼に気に入られようとして、あんまり強い意見も言わないでいるみたいな自分が。やさしくて甘くて、でもしっかりしたような女性になって彼を支えていたいって気持ちがある。彼はきっと、あまり共稼ぎとか女教師とかが好きなタイプじゃないだろう。しかし、だとしたら、彼の好みに合わせることは私の進歩を止めることになりはしないか。人間は死ぬまで進歩をめざすべきではないだろうか。私はプライドが高い方だから、いくら好きでもまとわりつきたくない。でも彼がそっぽを向いてしまったら、やっぱりすごく辛いだろう。でも負けちゃいけないんだ。

Monday　July 7 fine

七夕。半分曇ってるけど。

私は気位ばかり高くって、なぜ、一途に物事に打ち込めないいんだろう。

金曜日、Y先生と二度目のデート。偶然送ってもらっただけなんだけど。郊外に出て、ゴルフの練習場に行き、教えてもらった。一見内向的で、おとなしそうに見えるけど、スポーツは何でもできる人だ。だからといってスポーツマンタイプでもないし、型にはまらない所は、私の今まで出会っていないタイプだ。少し気が弱いってだけなのかな。

それから食事をして学校のことなんか話して、家まで送ってくれる途中、空港に寄った。滑走路のそばの路上に駐車したら、彼は「口説いていいか?」って言った。でも言う割には気が弱いんだ。何もできない人。何を話したか忘れた。九時ごろやっと空港を離れた。

アイスクリームを食べ終わった後、手のひらをながめたら「汚れたの?」と聞かれた。「いいえ」と言ってあわてて手を戻すと、いきなり右手をとられた。さすがに驚いて振りほどいたが、あまり強くは拒まなかった。すると彼はもう一度私の手を求めてきた。今度は任せた。家の近くまで来たので「ここでいいです」と言ったが、彼は「この先はどこになるの?」とそのまま車を止めずに走って、少し先の川端の砂道に止めた。接吻してくれた。優しい人だった。

土曜日、彼にM市まで送ってもらった。最初、私のことを「君は大人だね」って言う。キスをしても「平気な顔をしているから」なんだって。「蚊に刺されたくらいのことなのか」って聞いてくるから、「ひどい」と思って黙っていた。「軽率だと思わないか」とも言われた。短い交際なのに、彼の行為を軽率に思わないかという意味らしい。それで「自分で軽率だったと思うようなら軽率だったんでしょ」と言っておいた。「それでもいいの?」って聞き返してくるから、腹立たしくなって黙っていた。

＊

七月某日

記念すべき日、それは七夕の夜だった。

映画の券二枚入手、職場で彼女に一枚を渡す。ステーションビルで待ち合わせ。その券は反故にして、「卒業試験」に変更した。童貞青年の初体験、少しエッチなムービー……ボク策士かも？　その夜、帰りの車中、初キッス。酔いが回ってきたぞ、何を書いているのかわからなくなってきた～。

……そして、昨夜、七月某日金曜日、その夜、二人は抱き合った。肉体的に結合、結ばれたのだ。それで昨夜はほとんど……いや、全く眠っていない。今宵のウイスキーはめちゃ効く～！　彼女の枕とシーツとに、紅いシミを付けてしまった。君は処女だったね。

眠～イ。

＊

Friday　July 25　fine

夏休みに入って三日目。何もせず過ぎる。

馬鹿なのかなあ私。またしても教師に対する自信を喪失しそうである。

金曜日、私が進学関係で出張した日、彼とまたデートした。雨の降る日だった。ダンスホールBに連れていってくれた。爆音のような曲、とてもじゃないがやかましくて踊れない。激しい身振りで踊っている女の子たちを見て、自分の年を再認識させられた。緑色のサワーを飲んだだけで、そのホールを出た。そして彼に送ってもらった。

その夜、彼に全て許した。キザな表現だな。でも、他に言い表しようがない。

「何もしないから泊めて」って、まさかそれ信じるほど初心じゃないけど。でも私はセックスが嫌いだから、何にもなくって、兄妹のように枕を並べて寝られたらどんなに楽しいだろうって想像した。最初は彼もそうするつもりだったかもしれない。でも男の人にそんなこと期待するのは無理だったんだろう。

「処女だったの？」

うなずくと、

「もう処女じゃないよ」

彼は言った。

私はじっとして黙ってた。肩の荷がおりたような気がした。私の場合、肉体的に処女だったってだけにすぎない。何だか彼をあざむいているような気がした。

それから三〜四度来ただろうか。その都度彼は私を抱いた。それでも、私がセックスをいやがるので、彼も少しセーブしてくれてるようだ。一体感はあるけど、痛みを伴うのでセックスは好きではない。嫌うのは別に倫理観から来ているわけではない。彼は私が潔癖すぎるためと思っているようだが、もしそうなら数回のデートのあとすぐに身体を許したりしない。むしろ本質的、精神的に、私は多情で淫乱な女なのだ。幸か不幸か、今まで男の肉体に恵まれなかっただけのことなのだ。

逢引を重ねれば、彼の像も次第に明確になってくる。一番いやなのは、仕事に対する情熱がないということだ。もっとも、私だって最初はやめることばかり考えていたんだから、仕事への情熱の有無は、きっかけの問題かもしれない。第二に、劣等感が強く、人付き合いの悪い点。私とよく似ているけど、私より小心だ。こんな日記を見たら、彼はたちどころに私と絶交するだろう。第三に、真実を言う口よりも、オブラートでくるんだ甘い言葉を好む人だ。

……今こんな風に書くのも、それでも私が彼を好きだからだ。

夏休みに入って一日目の夜、彼とデートした後、ホテルに行った。私は、彼とのセックスがいやだったので行きたくなかった。

最初、彼の下宿に行ったのだが、彼が暑くて寝られないし、「一度ホテルを探索してみたいな。一人では行けないから、こういう機会に」と言う。

それで下宿の近くにあったラブホの一つに入った。入る前、車を止めてタバコを取り出し、決心を固めている様子を「かわいいな」って思った。私が「やめよう」と言うと、彼も「やめようかな」などと言う。駐車場に入ってからも、なかなか車を降りる決心がつかないらしい。迷ったあげく「風呂に入りに来たと思えばいい」と言って彼は入っていった。私は後からついていったからいいけど、ラブホの玄関で、部屋を頼む時の彼の気持ち、考えるだけでかわいそう。

部屋に入って、その豪華さにびっくりして、思わず二人で笑い出してしまった。健康な笑いだった。私も自分の神経に呆れてしまう。彼は私がラブホが初めてだと信じて疑わないから、「変な所に連れてきてごめん」と謝る。なんて私は悪女なのかなあ。おまけにセックスを拒否して彼の欲求不満を増大させている。

彼は今朝、林間学校に出発した。バテなければいいけど。

彼と結婚しようか。でも何だか駄目みたい。仕事を持っていては彼を満足させられそうにない。彼、一体どういう家庭に育ったんだろう。

「女性は優しくあらねばならない」

なんて、今どきそんな……。

彼の妹さんって面白そうな人。気が強くて、仕事に対する情熱があって、好きなことを言って、何だか彼より素敵。話を聞くだけで会いたい気持ちになる。彼は妹さんからキツイこと言われるので、そこでも女性恐怖を募らせているみたい。でも彼と妹さんって、何でも話してるみたい。

妹さんが付き合ってた男性を、「兄さんみたいな性格の人はイヤ」とか言って振った話とか、私のことについても話してる。

妹さんは私と付き合っていることを知って、

「変な女にひっかかっちゃいけないから私が会ってみてあげる」

と言ったとか。だけど、自分に関係ないことだと黙殺するタイプらしい。わかるんだなあ。私もそんな所がある。妹さんみたいにはっきりしてないけど……。

私は彼とは結婚しないだろうけど、妹さんに会ってみたいな。彼女は私を「変な女」と思うだろうか？

私も、もっと自分をはっきりさせなきゃ。強く、素直に、優しくなろう。仕事に打ち込みたい。恋愛と両立できないはずはない。今日から一週間ばかり彼と会わないから、私も落ち着くかもしれない。とにかくカラダを落ち着かせなきゃ。

彼には、胸を張ってさっさと歩けない私の気持ちがわかるだろうか。しゃがみ込みたくなるような、あのブルーな感覚がわかるだろうか。

私を「冷たい」だの「強い」だのと捉えてる彼には、きっとわかりゃしない。

いつも「君はポーカーフェイス」だって言うけど、女のカラダは、心もだけど、そんなにガンジョウにはできてないのですよ。

これからどうなるか私にもわからない。今のところは、彼が好き。でもこんなに価値観が違うのに、これから先ずっと関係が続くのかというと、自分にも自信がない。彼も、プロポーズするには私が冷たすぎると感じている。

そもそも、私は彼に好きだとも何とも言ってない。それどころか、別れを前提としているみたいな言い方をしてしまう。結局、言質を取られたくない卑怯な心からだろうか。それとも彼との交際がセックスを伴うということへの嫌悪感からだろうか。

さらに問題なのは、友人のHさんが彼を嫌っていることだ。「彼とは価値観が違う」と言っている。

私はHさんの批判を評価していないが、もし、彼との交際がわかったら、彼女は私に裏切りを感じるだろう。彼女はとても純粋で誠実。なぜ私なんかを、親友と考えてくれるのか不思議なくらいだ。Yさんと付き合い始めてから、私はなぜか彼女に劣等感を覚えてしまう。

私には私の価値観があるのだ、と割り切ってはみるのだが——。

＊

八月二日

夏休みに入っても学校の行事があって、忙しい思いをさせられていた。初めてのH市の夏、アパートは暑くて落ち着けない。

一昨日から帰省している。やはり田舎は過ごしやすい。真夏だというのに朝方などは薄着だと寒い。自分の気持ちをゆっくり見つめる。それができるのはここ生家しかない気がする。私はやはり田舎人間なのだな～とつくづく思う。

それにしても、最近の自分がよくわからない。確たる自覚のある日々、それが薄れてしまっている。

葎子は今ごろ九州の引率旅行中かな、それとも、もうH市に帰っているのかな。先日、一学年の生徒を連れて、S山でキャンプしていた時、慰安に三年生の先生たち三人が来てくれた。その中に彼女も加わっていた。彼女の姿を見て思わずドキドキしてしまった。

今さら姿を見ただけで胸ときめかす段階ではないはずだけど、いまだに夢見ているような感じである。生徒たちを引率するあの美人教師、あの先生とボクは肉体関係があるのだ。この僕が、あの人のアパートに四回も泊まった。ホテルにも一泊、そしてボクの部屋にも来てくれた。ボクは、あの女《ヒト》の姿を見ただけで、全身が熱くなり股間が膨張してしまう。友達が近くにいれば、自慢しまくりたい気持ちである。

その日はキャンプ最終日の夜。キャンプファイヤーがあり、彼女も参加。英語教諭が連れてきた外国人とフォークダンスをしていた。サイズ的にお似合いだ。

以前のボクなら嫉妬するはずだが、人生経験？　恋愛経験かな？　を積んだおかげで？自分をセーブできるのであろう。

そして、キャンプイベントが終わった別な日のこと。ラブホで彼女と「合体長時間フライト」後の眠い朝の喫茶店。彼女の小指の動きの優美さに見とれていると、静かにコーヒーカップを置いたリツ子が、

「わたし、今度友達と一緒に住むことにしたのよ」

と言う。心地よい余韻に浸っていたボクは、叩き起こされた。

「エーッ、友達と一緒に住む？」

突然の凶報にボクは動転してしまった。……もちろん女友達だろうけど。彼女のアパートには二部屋あって、元々友達と二人で入る予定だったのだそうだ。相手の都合から、リツ子は現在一人暮らしをしているのだという。それにしても、予告もなく、突然の爆弾攻撃。

「友達って、どんな人？」

「高校時代からの友達で、今まで会社の寮に入っていたの」

「ふうーん、どうして急にそんなこと決めたの？」

「以前から一緒に住まないかって話してたんだけど……最近、彼女失恋したらしいの」

「それでもう、彼女と一緒に暮らすことに決めてしまっているのかい？」

「まだそこまでハッキリとは決めてはいないんだけど、二、三日中に連絡取り合って入居日を相談する予定なの」

「ちょっと待ってくれよ、僕はどうなるんだい？　貴女の部屋に行けなくなるじゃないか、僕のことは全然考えてくれなかったのかい？」

「だから以前から、一緒に入ろうと話してて、広い部屋を借りていたのよ」

「君のアパートに行けなくなったら、僕たち、いつ会えるんだい？　学校で、同僚としての事務的な話しかできないことになるじゃないか、そりゃあ時々街に出ればいいだろうけど、毎日とはいかないし、よくて十日に一回、悪くすれば一月に一度しきゃ会えなくなるじゃないか」

「だって、いつまで続くか……」

「エッ、今なんて言ったの？　二人の仲がいつまで続くか、だって？」

「……」

時々、いや、たびたび彼女には驚かされる。この時にも驚いて、次の言葉が出てこなかった。戯れた昨夜の楽しく甘〜い入浴、フカフカベッドの歓喜の抱擁、柔らかな裸体を抱いての甘美な眠り……。それだけじゃない、君の下宿で何度も愛し合ったじゃないか！普通なら自然と相手（このボク）への愛情が深まっているはずではないか。リッ子のハートにボクが住み着いたと喜んでいたのに……リッ子の氷の言葉《コトノハ》が、ボクの胸に突き刺さる。

「君は、冷たい女なんだな……」

ボクの口から苦痛のうめき声が零れた。

「ボクとのこと、今度のこと、少し性急にすぎたかもしれない。反省しているよ。でも、どうしようもなく、君を好きになってしまったんだよ。始まったばかりの、ボクたちの未来を、君は閉ざそうとしているんだぞ？　始まったばかりのぼくたちの交際。素敵な君と結ばれて、僕は天にも昇る気持ちなんだ。それなのに君はもう終わりにしようとしている。ボクは悲しいよ……」

「……」

「たとえどんなに君に想いを募らせても、頼むから自分から道を閉ざすようなことはしないでくれ。二人の未来に幕を引かないでくれ。今の言葉はショックだよ、ボクには耐えられない」

取りあえず僕たちは喫茶店を出た。歓びの入店が、出店時には「三途の川」真逆の気分だ。この後は学校で調べものをする予定だったが、憤慨したこんな気持ちで別れたくなかったので、彼女を部屋に連れ帰った。

ボクの部屋に招くのは二回目、相変わらず暑い部屋だけど。それにしても、先ほどのリツの言い草はひどすぎる。心臓に氷の塊を食らったみたい——ボクはショック状態だ。何も話す気力がなくなった……。

ところが、リツは何事もなかったかのように自然に、優雅な手つきでお茶を入れてくれるのであった。……なんだ、根は浅いのかも？　リツは思っていることをそのままを口にしただけなのだ。取り乱した自分が滑稽である。みにくく狼狽してしまった。

考えてみれば、ボク自身にも彼女と同じ不安があった。二人の関係が「いつまで続くか？」。

ショックを感じたのは、僕自身の想念が、リツの刃の一撃になったからであろう。結婚を約束したわけでもないし、リツに対して将来の妻としてのイメージを抱いているわけでもない。

ボクはリツ子のしなやかな肉体を手にして、歓喜している段階だ。ボクの身体がしきりに「手放すな」の指令を発している。簡単には手放したくない。溢れる青春の情欲を受け止めてくれる美形の女体、簡単に手放せる対象ではない。リツはボクの身辺を、フワリフワリと飛翔する華麗な蝶、甘い肢体の美人教師、腑抜けのオトコには、美しい蝶が必要だったのだ。

ポッカリ空いた心の空洞、「恋の落人」、深手の傷を負ったオトコ、そんな可哀想なオトコの傷を癒やしてくれる美形の女体に遭遇したのだ。手放したら簡単にはつかまえられない。――それが今の僕なのだ。

愛し合った初恋の想い出、あの恋は忘却の彼方へ押しやらなければならない。リツ子、ボクたちの付き合いは始まったばかり。捕獲された蝶は救いのヴィーナス、胸の空洞が少しずつ埋まり、哀しい恋の痛みが少しずつ薄らいでいく……僕の今度の恋は、動機がかなり不純かも……。

国立大、教員試験、さりげなく王道を歩むリッ。ボクには手の届かないエリート道だ。能力の差を見せつけられたことがある。炬燵で僕は週刊誌をめくっていた。リッ子が「明日のテスト作らなくちゃ」と言って鉛筆を持つ。レポート用紙にフリーハンド、手が止まったかと思ったら、考えている、頭を傾げ、また続きを書き込み、やがて試験問題が出来上がっていく。文学史が全部頭に入っているのだ。ボクはどうだ。私大をやっと卒業し、県の教員採用試験は不合格、もう受ける気もしない。落ちた時のショックが堆積するからだ。どうせ受かる実力はないことを知っている。だいたい、高校教師をしたいなんて思ったことなどないのだ。オヤジが「教員がいいぞ」なんて言ってボクに暗示をかけたのだ。それで、他に思いつかなかったから、取りあえず教員採用試験を受けた。その縁で、就職の声を掛けてもらった欠員補充要員がボクなのだ。

東京で四年、親の仕送りで遊んだ親不孝者。零細な農家、親は仕送りに相当苦労したはずだ。これからは親孝行しなければ典型的な「親不孝者」になってしまう。しかし、成り行きで教員になってしまった。教師の資質などありはしない。単位を落とさない程度には勉強したけど、何しろ学生時代に本気で勉強をした記憶がない。ボクは劣等感の塊、リツ子とは対極。リツと似合いの相手は、ボク以外の男であろう……どちらかと言えば、ボクは落ちこぼれ、王道を歩ける人材ではないのだ……。

バイトと遊び、特にパチンコが学業を阻害した。山岳部にも所属して、三十キログラム以上のザック（リュックサック）を背負って、パーティを組んで三千メートル超級の山を踏破した。さらに学生寮暮らしで、厳しい上下関係の中で鍛えられた。入寮の歓迎で、上級生から頬を平手打ちされる「括《かつ》ビンタ」の洗礼も受けた。理不尽な学生寮の伝統だ。大学三年次にはひょんなことから寮長を務めた。挫折の多い僕の半生に、あの当時の体験が役立ってはいる。

どうせ人生は旅だ。一回限りの旅、寂しくて孤独死しそうな時には、ワラでも雑草でも、オンナでもオトコでも……何でも掴んで生き延びるしかない。「旅の恥はかき捨て」だ。相手が美人のリツ子なら言うことはない。それに……人生経験は創作の「肥やし」になるのである。

それにしてもリツは不可解な女、美人エリート教師、理解困難な異性人、好奇心と前立腺とが激しく刺激される。ボクの喉元に刺さる骨、その違和感は、何とか解消しなければならない。

「子供を産もうか？」

リツ子の下腹部を撫でながらそう言ってやった。

「どんな子供がボクたちにできるのだろうね。骨盤は狭くないかい？　チョット見せて」

と、リツの長い足に手をかけて言ってやった。

「ウフフ、だいじょうぶよ」

「さっきの君の申し出だけど、ボクの立場になってくれる？　何の取り柄もないボク、楽しくさせる話題も持っていない。君にとって物足りない相手だとは思うよ。でも、ボクは君を好きだし、誰でも一つぐらいは長所があるという自説に従えば、ボクにだって少しはいいところがあるかもしれないじゃあないか。お互いを知るために、もっと親密に付き合う必要があるんじゃないかな～。そりゃ今の時点で、全然興味なんかなくて嫌いなだけの存在なら別だけど。僕となんかこれっきり会いたくないとか？」

ぼくは見苦しい混乱状態、下手な言い訳を強いられ、わずかしかないボクのプライドはさらに傷ついてゆく。

「ううん、そんなことないわよ」

「だったら、話せる機会を自分から消去するようなことをしないでくれないかな～。ボクはね、転勤して来たばかりで、大勢いる教員室では、君と話ができないんだよ。冗談も言えないし、個人的に話せる場を失くしたら、これきり僕たち近づくことはできない気がするよ。ボクが取るに足らない人間だということかもしれないけど……でも君を好きだし、当然、結婚相手としても意識して付き合うことになると思うよ……そうだ、結婚しようか？」

そんな話をしていると、彼女は笑顔を見せるのであった。嘘を言っているつもりはないが、本心でもない。結婚までの結論をボクの中で出してはいない。我ながら飛躍した無責任な言葉だ。義務が発生しそうだ。言質を取られ約束に縛られては、本当の自分を見失ってしまう。好きだけど、なんだか全然気持ちが入らない。互いに求め合う感じには程遠い。

リッツ同様、ボクも不安になってくるのであった。

リツコの中にゆっくりと挿入していく。もちろん、充分な愛の前戯の後であるが、痛そうな顔をしながら我慢している。

「痛いかい？　我慢できないほど？」

と尋ねると首を横に振るので、さらに深く押し込んでいく、何度も中途半端にしかできなかったけれど、今日はうまくできそうな気もする。もっと奥に入れたい。ゆっくりではあるが動きを加える。背に腕を回していたリツコがボクの肩を両手で押し上げる仕草、首を振って痛いことを告げる。今回もダメか。

でもちょっとだけ改善した挿入の深さを惜しみながらも、入り口近くで我慢することにした。今回も奥まった所ではできなかった。慣れるのにずいぶん時間が必要なのだ。処女はみんなリツのように手がかかるのであろうか。今まではひどく痛がるので、浅い所での中途半端なセックスしかできなかったのである。今回、一度はかなり深く挿入することができた。そのことがすごく嬉しかった。

リツの顔に激しくキスを浴びせる。くすぐったそうにしながら彼女も嬉しそうだ。ボクはリツとすぐにも結婚したい気持ちだ……リツ可愛い～。

某月×日

衝撃の日だ。ボクたちの行く末は切り裂かれたかもしれない。本棚に日記を見つけてしまった。雑誌や単行本、教科書やノートが立てかけてある机の上、セット式の書棚にである。もちろん、いくら親しくても人の日記を読んではいけないことはわかっている。でも……。

薄い大学ノート。何だろうかとペラペラめくってみた。横書きでびっしり書き込まれている。その日付から、最近始めたばかりの日記であることがわかる。見ないでいられようか？

三日目から僕が登場している。悪いとは思ったが……。会話の少ないリツ子は日頃何を考えているのであろうか？　僕は知りたいという誘惑に簡単に負けてしまった。

さらに、高さのある隣の本棚の最下部、扉を開くと十通余りの手紙も出てきた。もう何回も部屋を訪問しているので鍵の置き場所を教えてくれている。できるだけ留守中には遠慮することにしてはいるけど、僕はフリーパスのボーイフレンドなのだ。

見られてまずい物は、処分しておいてほしい。それなのに、リツ子ときたら簡単に見つかる場所に無造作に置いている。リツ子、君ってぬけたオンナだね。テレビのないリツ子の部屋、本でも読まないとすることがない。誰だって書棚を見るではないか。

衝撃の記述が、僕を打ちのめした。リツ子は三人の男とホテルに行った経験があるのだ。なんという淫乱な女であろうか。ラブホに入って何をする？　裸になって、抱き合い、なめ合い、ドッキングするのだ。自分でも書いているように「本質的、精神的に、多情で淫乱な女」なのだ。

しかし……、不可解なことがある。初めてドッキングした時に、ずり上がって逃げるから一向に埒が明かない。リツの上半身が敷布団からはみ出してしまった。薄いマットの上では膝が痛い。逃亡を止めるために、リツの腰下に枕をあてがった。

動きの止まったリツ。リツの顔を見ながら優しくゆっくり深々と挿入した――。あの瞬間彼女は顎を反らして呻いていた。相当痛かったのであろう。後始末のティッシュが赤く染まったのには驚いた。豆電球の薄明かりの中でもわかった。見るとシーツも枕も派手に染まっている。まるで殺人事件の現場である。処女は誰でもこんな悲惨な状況になるのであろうか。

傷身のリッツを抱きしめる。次第に込み上げてくる喜び、ボクはリッツにキスの雨を降らさないではおられなかった。

それにしても、あれは処女の証拠ではないのか。何度も出血はしないはずである。三人もの男とホテルに行ったのに、いったいどういうことであろうか？　経験のないボクは不思議でしょうがない。想像してみると、次のようなケースが想像できる。

男女の付き合い、よくは知らないが、本からの知識では、まずキスから始まり、時間を置いてまたは期間を置いて次の段階として、ペッティングに進むのだ。

女性器に触れていると潤滑液が出てきて準備が整うのである。公園でペッティングをしているらしい男女を見たことがある。キスしているカップルは普通だ。恋人同士にはあれも必要なプロセスなのかもしれない。

準備作業を省いたらセイコウ度（？）が低下する。性急すぎたら、セイコウできないかもしれない。プロセスを経て、親密になってから、ラブホに行くといいのである。必要なプロセスを省いたら、悲惨な結末もあり得るのだ。

恐らく、リッツと彼らは省略組だったのであろう。きっと、思わぬリッツの強力な抵抗に諦めてしまったのだ。彼女のせいばかりとは言えないが、原因の一端はありそうである。

長身の彼女、屋外でデレデレしていたら目立ってしまう。それに、スポーツで鍛えた下半身。彼女に拒絶されたら合体完遂は困難なのだ。無残に敗退していった男たちが思いやられる。よかった、身体を鍛えておいて。スポーツで育んだ強靭な？　ボクの身体。美しくしなやかで均整のとれた裸のリツ。そんな女体に触れながらも、思いを果たせず、諦めざるを得なかった男たちの無念さ、その挫折感はいかばかりか。

あるいは立ち直れなかった青年もいるのではあるまいか？　累々たるオトコの屍、ボクは絶対そこに加わりたくない。

リツ、君はどういう存在なの？　そして君にとってボクはどういう存在？

「妻にしたい女」と「愛する女」。同じような意味合いに思える。しかし、この二つは、大きく相違する要素ではあるまいか？　二つの要件を満たす相手に出会うことなど、奇跡に近い出来事なのかもしれない。ボクの望みが高過ぎるのかもしれない。

リツ、お前は賢すぎる。冷たすぎる。君はどうしてそんなにツンケンするの？　別れることが前提のような素振りはやめてくれ。なんで男と戦う必要があるのだ。ウーマンリブはよしてくれ。君はムードを理解しない。得点だけを追求するアスリートのようだ。

「男に闘いを挑む妻」は、「妻にしたい女」にはなれない。可愛い女になってくれ。いいや、普通の女でいいのだ。普段の何気ない会話、気持ちの寄り添う「愛する女」になってくれ。そしたら、ボクはお前と平穏で普通の家庭を築くのだ。だけど、君への劣等感と君の過去に、ボクは押しつぶされそう……それと、日記は書くな。アホウ、バカ。

堀辰雄『妻への手紙　堀多恵子編』を読了。羨ましいほどの夫婦像、きっと綺麗な文字の手紙だったに違いない。文字は人の品格だ。ボクは手紙を書いても投函できない。ボクの字には品格がない。癖はあるが整ったリツの字を見ると、手紙を出す勇気が出ない。

感心するのは誤字脱字が全くないことだ。彼女の日記に、訂正箇所が一か所もないなんて驚異的。比べてボクの日記なんかむちゃくちゃ。見られたものではない。見つけられないように隠している。リツに見られたら軽蔑されてしまう。

ボクたちはレベルが全く合っていないのである。だが……キミは間抜けなオンナ。リツの日記は他にもあるのでは？　と部屋を隈なく探してみた。家具が少ないのでチェックは簡単だ。貯金の額まで見ちゃった。どうやら他にはなさそうである。

日付から想像すると、うぬぼれてしまうが、リツはボクの登場に反応している。日記が始まって早々に、水も滴る「いい男」が登場するのだ。アラン・ドロンか？　ブルース・リーか？　それとも、ボディビルダーの『金閣寺』の作者？　気になるオトコの出現、注目のオトコ、誰のこと？　気になる男の登場、彼への思いを、リツは記録したくなったのである。リツにとって、新たに記録を残したくなるほど、特筆すべき出会いなのである。主役としての登壇、僕は凄く誇らしい。ボクはそんなにいい男？　注目してくれてありがとう、リツ子。

東京から持ち帰った一つに、「俺」がある。自分のことを「オレ」と表現するのだ。東京土産、この「俺」をさりげなく使うのだ。田舎では「ワシ」が一般的。「ワシ」と「オレ」では地方と都会の大きな差、都会の雰囲気を垣間見せる柔和で内気そうな文学青年――。中味はないけど、時折そよがせる都会の風……。それになびく女、東京でのスナック通いも、軽薄男の魅力アップに役立っているのだ。軽薄なオトコに寄ってくる軽薄なオンナ……。

リツ子との出会いの吉凶は今のところ不明。不確かな人生途上で、出会った女全部の幸せを保証はできない。少なくとも僕たちは、相思相愛のロマンチックな出会いであった。言えるのは、二人の出会いが運命的であるという証左ではある。僕たちは出会うべくして出会った、運命のカップルなのである。宿命のアダムとイブ？ ロミオとジュリエット？

ただ、見つけたくないものが出てきた。ボーイフレンドの手紙の束。丁寧に書かれた長文、文字間に愛と苦悩とが滲んでいる。繊細な心の機微、到底ボクには書けない哀切な恋文である。それを思い出すと、リツに手紙は書けない。手紙の男にも劣等感を感じてしまう……リツが日記に書いているとおり、ボクは「劣等感の塊」なのである。

「ペンを持つ」

何か書きたくて
ペンを持つ
さて何がある
暑い空気を扇風機が
暑いままに、かき混ぜて
カーテンだけが揺れている
今は凪だ、無理に風を起こしても
部屋の空気は右から左
霞のかかった穴の中
時が経《た》てば陸風が……
北の窓から南の窓へ
せめて涼風が通り過ぎ
部屋に居座る生ぬるい淀み
そいつらを払ってくれよう
だけど、この部屋は

西に小さな窓があるだけ
落日の赤い熱線
いつまでも
肌を焦がして
ボクの心も焼いているのです
小銭をポッケに入れて
街に出かけて笑ってこよう
独りぼっちって淋しいね
淋しいことばっかり
そのサビシイなって言葉を
聞いてくれるヒトがいないって
ほんとにサビシイなって感じるよね
でも誰かが言っていたよ
サビシイなって言っても
彼女は笑っているだけだって
人生は面白いねって言ったら
「本当に面白いわね」

贅沢言ってるよ。相手がいるだけで満足してくださいよ、ボクなどは……

八月某日

去る某日、リッ子の卓球部合宿の終了を待って、Y県のO島へ行くことにした。婚前だけど僕たちの新婚旅行という設定だ。

花火大会がY川の河川敷で行われていた。観たかったけど遅くなりすぎる。宿帳にボクたちの名前を並べて書くのだ。僕の名前の横に「妻　リッ子」と記入するのだ。

ところが、早々に出発するも意外とO島までは距離がある。遠すぎる。国道百○△号線沿いの派手派手しいネオンのモーテルに、やっと潜り込んだ。普通の旅館に宿泊したかった。ボクは、いつも行き当たりばったりだ。

一緒に風呂に入ろうと誘うが、恥ずかしそうな表情で「先に入って」と言う。僕が新婚旅行のつもりで、なんて言ったので、リッの演出かもしれない。

「じゃー先に入るから途中で入ってきてよ」

彼女は控えめな仕草で頷いた。ボクたちは、これから初夜を迎える新婚カップルなのだ。

リツはタオルで前を隠して入ってきた。初々しい仕草がキュート。ボクたちの新婚初夜……。彼女の「オソロシイ日記」の存在は、旅行中は忘れることにした。

浴室のイスに座らせて身体を洗ってあげる。腕、指、足、スネンボウズ（膝小僧）、内股。微妙な所は飛ばし、腹部から乳房へ、そして背中と……。泡だらけになったリツを立ち上がらせて背後から抱きしめるとツルツルとして気持ちいい、後ろから持ち上げてみる乳房、チラリズムと量感がいい、ボクの物が興奮してそのまま入りたがる。リツの股間から覗くボクの物、「あれナ～ンだ？」と耳元で尋ねてやる。リツは、首を傾げて下の方を見つめ、「エッチ」と呟き身をよじる。なんて可愛らしい女であろうか、この可憐な細身の女が、ボクの彼女なのだ。リツの日記が浮かぶが――ボクはラッキーな男だと自分に説明し、自分で納得することにする。裸体の新妻は美しく扇情的、性急すぎる行為は我慢して、ベッドで彼女を待つことにした。初夜は慎重でなくては！

……変なベッド？　円形で真ん中が出っ張っている。調べてみると回転式モーターが組み込まれている。ためしに動かしてみた。左右への振動、上下運動もするのだ。他のホテルでも振動するベッドは見たことはあるが、今回の仕掛けは刺激的、二人とも興味しんしん。入浴中のセーブは正解だった。どうやらアンネの来訪らしい。しかし、燃える新婚カップルに、生理は関係ない。

バスタオルを敷いて横たわらせる。頬と唇に濃厚キス、耳朶を甘噛みし、唇を這わす。

首筋から脇腹、ブドウが載ったピンクの乳房。なんて魅力的なボディであろう、この白くてたおやかな女体は僕のもの。

痛がるかと心配であったが、深々と受け入れてくれた。これほど深く挿入したのは初めてかもしれない。唇を優しく吸って、ボクは言ってやった――。「リツの膣《ナカ》は温かいね」。すると、唇に唇を押し付け、しがみついてくるのであった。柔らかで甘いリツ、じっとしているだけでも、ボクの身体はとろけそう……。

身体はおのずと頂を求める。二人で昇る歓喜の頂上……。スイッチ、すると突然、ウィーン、ウィーン、上下左右、グルグル回転、ベッドの複合連続振動が始まった。ス、スイッチを切らなくちゃ、と手を伸ばすが、届かない！　深々と挿入した僕の物は抜けない。間に合わない。ボクの頭の中はグチャグチャ、精神錯乱状態だ。そのままジェットコースターのように上り詰め、そして終わってしまった。コントロール不能のマシーンだ。僕たちにこんな機械なんて要らない。マシーンとセックスしたみたいな気分で腹立たしい。ひどく後悔した。もう二度とこんな機械なんか使わないぞ。ボクはリツと想い出に残る情愛の「初夜」を送りたかったのに……。

ぐったりした彼女に下着を着せ、パッドも挟んであげる。やがて、リツはそのまま眠ってしまった。車の長旅で二人とも疲れているのだ。ひそやかで可愛らしい寝息、無防備に眠る女の裸体、ボクの精子で満たされた下腹部に唇を押しあてて、思った。リツの身体が愛しい。リツが好きだ。だけど……ボクは葎子を自分の妻にしたいのであろうか？　自分で自分が分からない。

趣味で小説を書いているが、次作の構想がなかなか固まらない。五十枚書いたが盛り上がりがない。感動がない。物語性が弱い。モチーフは多様に用意したが、肝心の主題が行方不明なのだ。

八月某日

教え子のナホがぜひ会いたいという。できるだけ彼女には会わないことにしていた。僕たちは『危険なふたり』なのだ……。だけど、可愛い元生徒にぜひにと言われて、断れる若手教師、男がいるであろうか？　彼女の実家なら二人の関係の進展はないであろう。彼女はもう社会人だ。目をかけた教え子の成長は楽しみでもある。

午前十時の約束。表紙が布仕様で、装丁のしっかりした「豪華な日記帳」を土産に持って、彼女宅を訪れた。二十分の遅刻。ナホは嬉しそうな顔をしてボクを迎えてくれた。玄関を入ると、母親、祖母、親戚の婦人、少し間をおいて父親も帰ってきた。なんだ、なんだ！　彼女ン家のオールキャストではないか。食卓にはカシワモチと鯛刺し。雰囲気がありすぎる。まるでお見合いではないか。むずがゆい尻。来なければよかった。これではだまし討ちではないか。ナホは教え子であり、恋人候補なんかではない。妹に近いイメージ。

積極的過ぎるナホ、自分本位な所が難点だ。カシワモチを一個貰って、早々に切り上げて失礼することにした。単純過ぎる自分にゲンコを入れたい。二人きりで会わない配慮が裏目になってしまった。

それから、ナホと近くの自然公園までドライブした。黒髪をゆらし、紅を引いた助手席のナホ、気分を害したことなど忘れてしまった。それにしても、社会人になって随分女っぽくなったものだ。車内に残していった化粧の香り……。後の試練を、その時のボクは想像さえしなかった。僕を好きすぎて、がむしゃらすぎるナホの愛……。


ドライブを終えてナホを降ろし、教員宿舎に寄ったが乗用車がない。B先生は留守だ。奥さんはいるかもしれないが、僕は、夫の留守に彼女に会ってはならないオトコなのだ。美術教員のB先生は年が近いので気楽に話せる元同僚で一年間机を並べていた。

帰りの車中で、僕は彼の奥さんのことを思い浮かべていた。昨年のいつだったか、夕食に招待してもらった。炬燵があったから、クリスマスのころだったかもしれない。いや、違うかも……奥さんは半袖にミニスカートだった。独り者のボクを夕食に招待してくれたのである。

B先生は大判の絵を何枚も持ち出して見せてくれた。美術館に展示してあるようなダークで重厚な色遣い。「新進気鋭」と見出しの付いた、将来期待の画家だと紹介された新聞の切り抜き。彼は恰好よかった。奥さんが注いでくれるお酒が美味しい。神経質すぎるせいか僕は絵が苦手である。細部に拘っていたらいつまでたっても終わらないのである。

その日は、お酒の勢いを借りて、門外漢が彼の絵を批評してしまった。もちろん、すごく褒めた後のことではある。機嫌を害するかな？　と思ったが、意外にもボクの批評を褒めてくれた。自分でも感じている弱点だそうだ。彼は素直な好青年、優秀な美術教員であった。炬燵のうたた寝は気持ちがいい。お酒を飲んで車で帰るわけにはいかない。彼は毛布を掛けてもらって炬燵で眠っている。夏炬燵は名案である。蒲団を敷く手間が省けるではないか。第一、酔っぱらった夫を移動なんかできない。


素顔の奥さん。ボクがうたた寝している間にシャワーでもしたのであろう。ショートカットで、ラフなスエットにミニスカート。女学生みたいな初々しい奥さん。

二人で会話が弾む。絵画、彼との馴れ初めと、話は尽きない。教員とではなく、芸術家としての彼と結婚したのだそうである。彼の夢は、彼女の夢。同じ夢を追う若い二人。僕たちと比較して雲泥の差、羨ましくも微笑ましいペアである。

立ち上がり、無造作に伸びあがって電気を消す奥さん、延ばしたセクシーな喉元、めくれるスエット、スカートから伸びる素足、夏炬燵に滑り込み横になる奥さん、ボクの隣だ。薄暗さに気が引ける。気にする方がいやらしいのかも。彼が同じ炬燵で眠っている。そして、延々とボク達の会話は弾む……。足が当たらないように気を遣わなければならない。腕を伸ばしてもいけない。人妻とこんなにも長時間——深夜に、しかも同じ炬燵。教員の妻で専業主婦、話し相手がいなくて淋しいのかもしれない。身元の知れた独身の若い教員。ボクは絶好の話し相手なのであろう。ボクが黙れば彼女がトットッと続け、話は尽きない。薄暗い豆電球、同じ炬燵に足を入れて横になっているボクたち。手を延ばせば胸にだって届く。サオリさんという名前だ。そうしていると、何ということであろうか、白む障子、夜が明けてしまった！

少し眠ろうとボクが提案し、二人は話を切り上げることにした。彼女は立ち上がって手洗いに行く。延々と話し続けた二人。僕たちは一夜にして近づきすぎてしまった。

リツの顔が浮かぶ。君との十年分以上の話を、この女性と一晩でしたぞ。朝方には、セックスのことまで話題にしてしまった。異性が友達のままでいることは難しい。もし、彼女の素肌に触れたら。ボクは、いや、サオリさんも制御できなくなったかもしれない。戻ってきた彼女の足がボクの頭の上で止まる。

「な、なんだ」

ボクの心臓は動悸を打ち始める。微かな体温の近づく気配、頬に押し当てられたのは唇だ。官能的な柔らかさ。すぐに離れ、彼女は炬燵に潜り込んでしまった。もう十センチ、ボクは唇にしてほしかったかも。

「ああー、楽しかったわ。こんなにお話をしたの、久しぶりよ。しかも、独身の男性と一晩中だなんて、アラン・ドロンの『太陽がいっぱい』みたいだったわね」

さわやかな口調の彼女。ボクの鼓動はまだ静まらない。なんて可愛らしい女性であろうか。少し軽い感じはあるが。ボクは友人が羨ましい。ボクはもう彼女に恋をしてしまった。


朝食か昼食かわからない食卓を三人で囲んだ。黙って食べていると、恋人といるような不思議な空気感。変な錯覚におちいった――。サオリさんと二人で食卓を囲んでいるような感覚……満たされた静かな時間が流れていく。

優しい友人と魅力的な伴侶、彼らを傷つけてはならない。磁石の両極が引き合うかのようなボクたち。今度逢ったらどうなるかわからない……残念ながら、ボクはこの家に出入りしてはいけない男なのだ。食後の珈琲が甘くて苦い。

「な～に？」

のぞき込むサオリさんの声。甘い声がボクの身体中に浸みわたる。込み上げる感情にボクは俯いた。……ボクは奥さんに逢いたかった……。

帰宅するともう四時。そういえば、家族と映画を観に行く約束をしていたのだった。夜の上映に間に合うので、両親と妹と四人で出かける。

「伊豆の踊子」「砂の器」の二本立てで、共に感銘を受けた。「伊豆の踊子」を観ている時から、今度の小説構想のパートが浮かんできた。それにしても映画はリアルだ。創作意欲が刺激されるが、なんだか、小説にこだわる自分が小さく思えてしまう。

＊

Sunday　August　31　fine

明日から学校。何一つしなかった夏休み。常にいい子でいた。彼に対してだけ辛くあたった。

「もう来ないよ」

「そう」

「さよなら」

「私、お風呂に行くわ」

曲がり角までいっしょに歩いて、「じゃあ」と言って別れる。瞳も見つめず、手も振らず、振り返りもせず。涙も流さず、平然と、一歩ずつ遠ざかる。一歩ずつ、一歩ずつ、孤独を通り越した虚空の中へ……そんな別れがしたい。

明日もまた恋人でいるかのような、何気ない別れがしたい。別れたら死ぬほど辛い時に、平然と別れたい。その男が、私の心に一生やきつくように。

Tuesday　September 9　fine

ようやく秋風らしきものが吹くようになった。帰宅時の汗の出がグッと違う。頽廃は体質なのか。なぜ自分がこのような空虚の中にいるのかわからない。閉じこもりたい、閉じこもりたいという欲求がある。でも、閉じこもっても何もない。苦しいだけだ。

三年目、相変わらずの授業。怒ることもない。だが、二年や三年でそんなにいい授業ができるわけはないし、問題はそのことではない。駄目でも何か求めていこうとする姿勢、真剣な眼差し、健康な強い意志。一番必要なはずのそのようなものと、自分は無縁なのではないか。無理なことを自分はやろうとしているのではないか。

仕事には大分慣れたし、自分なりに一生懸命やっている。でも教育への姿勢、情熱が不足しているのではなかろうか。向上心なくして進歩はない。私、やることと思うこととすべてちぐはぐ。

彼とのことは一時的な肉欲に負けただけなのか。おかしなことだ、性欲なんてないのに彼を好きではないのか、好きになれないのか。むしろ、だんだん嫌いになるようだ。もっともこれは反動かもしれない。彼は悪い人ではない。優しい人だ。でも私とは違いすぎる。大胆さがない。もっと男らしくてもいい。それに、私にかまいすぎる。Mさんでも Nさんでも誰でも、自分の仕事に自信を持って、張り切っているのに、なぜあの男《ヒト》にはそういう面がないのだろう。

どうして私はああいう人に惹かれるのだろう。I君がそうだった。T君がそうだった。

Thursday　September 18　cloudy

やや涼しくなったこのごろ。雷やにわか雨が続く。

プロ野球は三つどもえだが、地元のトラウトズが首位をしぶとく守っている。このままだと優勝してしまいそう。今年R市は野球熱で浮かされている。D先生の元気のいいこと。絶対優勝などしないチームだと思っていたのに。タイタンズが最下位になったのと対照的だ。

クラスのXが家出した。それがわかったのは今日で、家出したのは三日前。昨夜生徒の家に電話するつもりだったのに下宿に帰ると電話するのをすっかり忘れてしまっていた。悔やまれること。私は抜けてるから、クラス担任などできないなあ。

彼——Yさんとはもう会わない方がいいのだろうか。でも、一人が淋しくてたまらない。でもそれに負けると自分でなくなりそう。学校では彼が嫌いになる。それでわざとツンケンする。そして彼に申し訳なく思い、彼に会って謝りたくなる。でも本当のところ、学校での彼って所在なげで本当に魅力がない。人がいいのはわかるのだけど。結婚するかどうか、はっきり決めよう。結婚しないのなら淋しさにまかせて付き合うのはよそう。やはりそうしよう。遊びになってしまう。

＊

九月十八日

リツ子と付き合い始めてからどのくらいたつであろうか。確か夏休み前、七月初旬であったろうか、映画に誘ったあたりから急速接近したのだと思う。映画は、「エマニエル夫人」に出た女優の二作目だった。

二度目のデートの打ちっぱなしゴルフ、食後のH空港、並ぶレッドランプ、時折飛び立つナイトフライト。物寂しさが魅力的なデートコースなのだ。

駅のプラットフォームや船着き場、それに飛行場などの独特な雰囲気が、僕は好きである。出会いと別れ、物語のあふれる場所。点滅しながらパイロットランプが夜空に溶け込んでゆく。

「ロマンチックだな〜」

万感の思いを込めてボクは呟いた。

「ロマンチックって？」

リツが呟く。話は続かない。日記に彼女はなんて書いていたんだったか？　思い出せない。

リツは夜景に全く関心がなさそうであった。水面に揺らめく灯、夜空に飛び立つ飛行機の点滅灯。

市内で、ここ以上にムードのある場所を他に知らない。僕の好きなしっとりムードのデートスポットなのである。Ａ山の雨上がり夜景もいいが、あそこはアクティブスポットだ。

彼女の手を持ちたい。反応が怖くてなかなかできなかったけれど、恐る恐る彼女の柔らかな手を握った。ひどく驚く彼女にビックリして、手を放してしまった。思い直して再度手を握る。今度はじっとしていてくれる。ボクは嬉しくなった。やがて助手席の彼女を引き寄せ、そっと唇を重ねた。自然な展開であった。乳房は柔らかでつきたての餅のようであった。しなやかで美しい外観の美人教師、ボクの新しい彼女だ。

その後何回かデートした九月初旬のことだった。

「私たち、合わないようだわね……」

突然のリツ子の言葉に、彼女の顔を見つめないではいられなかった、混乱したボクが、

「結婚しよう」と言うと、

「しましょう」と彼女は言い返す。

リツ子の気持ちがわからない、いや、わかっているようにも思える。落ち着き払った態度、冷ややかさ、そんな彼女に不安を覚えてしまうのだ。感情表現が少なく、甘えてくれることもない。優しさの片鱗も感じさせない氷の言葉。

会っている時間はまだしも、職場でのリツ子は、見知らぬ女性になってしまう。淋しい錯覚（？）に陥った時には、ボクの腕の中の彼女を想像するのだ。そうして辛うじて冷静になることができるのだ。

悪女のようにふるまうリツ子。嬉しいはずのボクは、荒れ野の風に吹かれる葦みたい。どう考えればいいのか、気がつけば、リツのことばかり考えている孤独な自分がいる。

ボクの心に居座った魔女。彼女が好きだ。しかしそれは恋愛感情とはかけ離れたもののような気がしてくる。ボクのプロポーズの言葉が、リツ子の肩先でヒラヒラ舞っている。

……少し冷静になって考えてみようと思う。

ホテルに同伴した男は三人だった。その三人全てが討死。だが、彼女が付き合った男性の全員とホテルに行ったのではないはずだ。ホテル同伴を許された男が三人、付き合った男の数はいったい何人なのだろう？　五人？　六人、七人？　九人？　外見が見栄えのいいリツは相当男にもてたはずである。近づいては離れていく男、近づいては来るが、やがて全ての男が、例外なく去っていくのだ。リツにとって男という異性人は、出会い、やがて別れる旅人なのだ。

『奥の細道』の「月日は百代の過客にして、行きかふ年もまた旅人なり」と同じ、「行きかふオトコもまた旅人なり」なのである。

別れの原因は色々考えられる。オトコの教養の有無と深度等々、リツの、冷徹な人物批判に耐えうる男は、そうそういない。リツは、情緒的な感情部門には反応しないというか、欠落しているのだ。ボクのことが「尊敬できない、キライ」だって？　日記に書いてある。……ボクも言わせてもらうぞ、「君は、情緒欠落のケッカン女」だ。君は、向学心とアスリート風の数値向上を目指す。加えて、女性の解放を希求するウーマンリブの戦士のつもりなのだー

リツの上を通り過ぎていった数々のオトコたち、例外なく別れた儚《ハカナ》い重層体験。哀しいかな、リツの心の奥に刷り込まれていく別れの記憶、固定したイメージが出来上がってしまったのだ。きっとそうだ。

僕はひたすら人間心理を研究してきた小説家。ボクの想像力は執拗にして鋭く、下手な学者より冴えているのだ。

リツにとって、男という生き物は、やがて離れ消えていく異性体。だが、予想に反して、なかなか離れてくれない今度の男。ワタシのヴァギナを支配し始めたY。そして、だんだんと変えられていくワタシ、戸惑いながらも嬉しがっている自分、痛みは次第に薄れ、突き上げられて……内臓に響くあの感覚——恐らく女にしかわからないあの感覚。何だか感じてしまっている自分がいる……戸惑いながらも、嬉しがっている女のワタシ……。

実際、子宮にまで到達した男はYだけである。どうしたらいいのか？　混乱してしまう。

戦うウーマンリブの精神はどこに消えてしまったのだろう？　ワタシの成長が、進歩が止められてしまう。過去の男たちはみんな消えていった。どうせ別れるのなら、さっさとどこかに行ってほしいのに……。

これがリツの深層心理なのだ。もちろん、僕の妄想にすぎないが。

僕の心に大きな穴を開けて去っていった初恋の女。悲しみの沼地で、リツという小鳥を捕獲した。鳥籠に入れられた小鳥、拘束されたくないウーマンリブのカナリヤ、そのカナリヤは迷い始めているみたいだ……。

＊

Friday　September 19　fine

家出していたXが帰ってきた。何が原因か、よくわからない。家庭事情とは思うけど。教師などやめてしまおうか。私は人間的にだめだ。

昨日、彼が来た。来れば来たで私は非常に冷たくあしらう。そのくせセックスには、だんだん大胆になっていく。抱かれている時は、彼に満足している。でも仕事に入ると彼とのつながりは見いだせない。彼にうんと優しくしたいのだ。何でも彼の望む通りにしてあげたい。でも少し理性が働けば、彼を尊敬していない自分に気がつく。自分で自分がわからない。

Tuesday　September 30　fine

運動会も終わり、九月も今日で最後。久々に休みをとった。風邪だといったが、実際は腹痛で、しかも生理痛。まさか生理になるなんて思わなかった。いつもより早い。相当痛んだから、休んだ甲斐があったと変な満足感がある。

朝九時ごろ彼がとんできた。心配してるの見ると、ふしぎと嬉しくなってしまう。今年になって病欠は初めてのはずだ。

「昨夜。あんまり眠らせなかったこと反省してる」と彼が言った。私より彼の方の疲れがひどいだろうに。

今、野球を聞いている。トラウトズ対ジャガーズ戦で一対一。先程トラウトズが惜しいチャンスをつぶした。ラジオを通じても異様な熱気が伝わってくる。もう九時半を過ぎた。待っているのに彼は来ない。来てほしい時は来ないいんだな。休ませるつもりなんだろう。私もわがままになった。一人でいることが、だんだん苦痛になっている。彼とは別れようとしていながら、彼に優しくしてもらいたがる。本も読まない。卓球もしない。考えることもなくなった。

Tuesday　October 7　cloudy

もう夜は寒い。ほんのこの前までウインド・ファンを回してたのに。今日は久しぶりに一人きりの夜。だから日記をつける気になったのか。

彼とは相変わらずの生活。食事も家ですることが多くなった。こうなると外食が味気なくなるから不思議だ。早く帰って下宿で別に何もせず時を過ごす。彼がいろいろ話をするのに相槌をうつだけである。そして——抱かれる。こういう生活に慣れてきた。今日のようにたまに一人になるとやけに淋しい。そのくせ毎日泊まるな、抱くなと言うのは私である。

つい先日まで生理だった。予定より早めでびっくりしたが、あると安心する。なかったら大変だ。でも、また今からは来月あるかどうか心配しなくてはならない。避妊の策は講じているが、万全ということはないだろう。妊娠して行き詰まったC組のKさんを見てきたじゃないか。

何かやはり、私は人間として必要なものをなくしているようだ。それは、目的や、意欲というもの。いいかげんに、いい加減に、私は日々を過ごしている。こんなんで仕事がまともにやれるはずがない。まともに行っているように見えるのは私が無神経だからだが、内実はやはり駄目だ。

最近、彼と関係ができてからだが——家に帰って仕事をしたことがほとんどない。以前なら考えられないことだ。サラリーマン教師の典型だ。何だか、自分でなくなりつつある。

Wednesday　October 15　fine

秋も深まった。もう十月も半ば。

トラウトズが今日優勝を決めた。スパローズに三連勝し、今日タイタンズに勝っての優勝だ。堂々たるものである。球団創設以来三位以上になったことが一度しかないという下位球団にとって、今年の優勝はまことに立派というしかない。O市に出張に行っていてよくわからなかったが、H市内はさぞかし大にぎわいだったろう。このところ街中がトラウトズ熱で浮かされていたのだから。

昨日、今日と、泊まりでO市での同和研修会に行ってきた。研修自体より、合間のA先生、W先生との話の方で刺激を受けた

A先生は、その人間の努力は正当に評価すべきで、その中で人間は努力目標を見つけるし、努力した者とサボった者とに差がつくのは当然だと言われた。一人を追っかけまわす中で、多くの者が放ったらかしにされるのは差別ではないのか、とも。確かに、そのような気もする。でも、Wさんは最底辺の生徒を追っかけるところに教育があると言った。教師が、生徒を評価するという上から押さえつける立場に立っているうちは底辺の生徒たちの気持ちはわからない。自分がいかに差別者であるかというところに思い至った時に、初めて自分の姿勢の矛盾に気がつくのだと。

どちらも真摯な考えなのに、なぜこうも真っ向からぶつかるのだろう。わからない、わからない。教師とは何なのか。ただわかるのは、A先生の意見に従った方がやりやすいだろうということだけだ。多くの先生も自分の能力の範囲内で努力していけるだろう。それでやったと言

ってもいいだろう。ところが、Wさんの立場に立つと非常に苦しい立場に立たされることになるだろう。自分自身が罪悪を背負っているのだ。底辺の子を追っかけまわす、自分の全人格、生活を彼らの中にのめりこませることしかない。そこに自分の生き方も発見できるのか。でもおそろしい。どこまで突っ込んで行っても際限なく、差別という人間性の最もみにくい所を見つめながら、押しつぶそうとする社会構造の中であがき続けなければならない。おそろしい。

自分の今の位置はどこから来たのか。なぜ大学に行ったのか、教師になったのか。なぜ自分は幸福で陽のあたる道を歩いていて、一方でそうでない人がいるのか。

能力の差なのか、でも、何の？

Monday November XX fine

今日は彼の二十六歳の誕生日。私は部屋で待っている。も少ししたらやってくるだろう。

何といったらいいのか。彼とは別れようとして別れられず、以前より自然に付き合っている。段々頼れるようになった。この一週間ばかしすごく優しい（自分で思うだけかも）のだ。幸か不幸か、私は妊娠したらしい。月経が止まって二週間になる。十月の終わりごろから不安になった。一、二日が文化祭で、三、四日と連休だから、連休あけてもこなかったら妊娠だろうと思った。そして今日までこない。七日にはツワリらしき状態になった。昨夜もだ。本当のところは、ツワリかどうかはわからないが。

妊娠のことは、彼にも話した。堕ろすしかないと私が言うと、彼も仕方なさそうにしている。産んでほしいらしいが、産んだ後の生活設計が立たないのだ。彼一人の月給じゃ、赤ん坊と三人で食べていけない。かといって私が働きに出ることも一、二年はできなくなる。赤ん坊を見てくれる人がいれば、共稼ぎも可能なのだが……。

彼は堕ろしたらもう私が会わなくなるんじゃないかと心配している。そうなるかもしれない。結婚したって構わないけど。彼のことは嫌いじゃない。……こう言うと彼は怒るのだ。それくらいにしか考えていないのか、って。むしろ好きな方である。第一に優しいし、気は弱くて神経質だけど善良だ。そして私をとても大切にしてくれる。頭が悪いし、性格的に教師に向いていないかもしれない、とよくこぼす。授業がうまくいかないらしいのだけど、それは私にも当てはまる。漢字とか文学的な知識なんかたしかにちょっと足りないな、とも思うが、まじめで誠実である。案外、年期が入ると、いい先生になるかもしれない。

私みたいなのが、一番だめである。やろうとすればできる能力がありながら……教師という職業から半分逃げかけている。県の採用試験に合格して少なくとも今の所からは逃げられると思ったからか。残り少なければ、それだけ一生懸命やらなければいけないのに。

先日家に帰った時、お見合いの話があった。父はさかんに私を結婚させたがっている。来年の六月ごろまでには、と言う。母の一周忌である。父は私を買いかぶっていて、私ならいくらでも話があるだろう、と言う。この前の話は、K先生が持ってこられたもので、大学院に何年か行った優秀な人だという。その話は県の採用試験の通知がまだだったので、どこに行くかわからない、ということにして断った。

どうせ結婚しなければいけないのなら、見ず知らずの人より彼の方がいいと思う。私と交際を続けられる男性なんてそうざらにはいない。本当は、どうでも彼でなくちゃと思っているのじゃなく、新しい人と新しい生活っていうのも興味がある。でも単なる興味である。現実には新しい人に慣れるまでに、相手か私のどちらかが逃げ出すだろう。

どうなるのかな。ひょっとしたら産むことになって三月の卒業式には、六か月のお腹で出ることになるかも……。

Monday　November 24　cloudy

連休が終わった。明日からまた学校。ただ、一年目のこと考えると楽になったものだと思う。最近、めっきり冷え込むようになった。あと一週間（暖房が入るまで）寒いだろうな。国語科研究会があるけど、暖房頼んどかなきゃ。もっとも私はあの日知事杯の試合があるので引率していく。卓球部も全然ほったらかしにしておいたが、二年生が見てほしいと言ってきて、このところ毎日（まだ四日だが）行っている。今まで行かなかったので、本当に悪かったと思っている。おそらく今年でやめるだろうから、できることはすべてやっておこう。それにしてもかなり大きなおなかになってきたのでやりづらい。

いろいろと心境の変化があった。体調もどんどん変化している。二か月でこうなるのかと思うくらい、おなかも出てきた。つわりはあまり感じない。三日ぐらいお腹が痛かったけど、最近の体調は良い。食欲もまあまあ。彼とどうしてもしっくりいかず、堕ろすことを考えたりしてたら、ますます今の生活がいやになったので、別れようと言った。すると彼は、今はまだ私のからだのことが心配だし、堕ろすまでは面倒を見る、と言う。……あまり見てもらってる感じはしないんだけど。特にからだを求められるのがいやである。必死で抵抗しても無理矢理おさえつけられる。それさえしないと約束してくれれば私も優しくするかもしれないが。

だけど彼と別れたら、今の私は肉体的にも精神的にもすごく不安定だ。ただ、不安定だからつい頼ってしまう、甘えてしまうみたいで、そんな自分がいやなのだ。本当には打ちとけていないし、許していない。妥協が必要だと言われれば私は彼と結婚する。もう少し彼が強ければいいなとは思うけれど。付き合うまではもっと強い人、男らしい人だと思っていたけれど、まだまだ子供なのだ。

私が現実的なことを考えすぎるのだろうか。でも、男の方から家のことや将来のことをいろいろ言ってほしいのに。産んでほしいと言うけれど、本当には産まないだろうと安心してるみたい。

Wednesday　November 26　fine

二十四日の夜遅く彼が来た。お酒を少々飲んで、泊まっていった。私から別れようと言いだしたくせに、やっぱり頼って甘えてしまう。その晩は、求められてもあまり抵抗しなかったので、彼は調子が狂うと言っていた。次の日、待っていたのに彼は家に来なかった。食事の用意もいつものようにしたのに。ご飯も魚も私一人ならほとんど食べない。彼が来るから作ったのに。

彼も別れる決心をしたのかもしれない、と思った。それなら私も諦めなければいけない。それが望んだことだし、一番いい道だと思ったけど、一人きりの夜は苦しかった。いつのまにか二人で過ごすことに慣れてしまっていた。

今日も来なかった。今日は来ないことを覚悟していたし、食事も昨日のを、あ、おいしいと思って食べ、お風呂にも行きのんびりした。勉強は面倒くさいので、炬燵でつい横になる。起きるともう真夜中。

「ひとりで寝るときにはよォーひざっ小僧が寒かろう」

古いヒット曲の意味が実感される。はっきり彼から別れると言われていない。それにまだ堕ろしていない。

髪を巻きながら、金田一春彦著の『言葉歳時記』をくってみる。なんとなくゆったりした気分になる。身の回りの小さな季節の移り変わりに心を向けられたら、人生も味が出るだろう。

歴史は好きだ。学校で習うようなのでなく、一つの言葉の由来など探っていけば、たしかに日本人の心というものが感じられる。そういうゆとりのもてる心になりたい。
もうじき二十五になる。「ついにゆく道とはかねて聞きしかど、きのふ今日とは思はざりしを」伊勢物語の最後をしめくくる和歌である。このまえ家に帰った時、父に聞かれたが、ふしぎと覚えていた。亀井勝一郎の『日本人の精神史』に出てくるらしい。父は今の自分の心境にぴったりだと言っていた。私は知っていたのが嬉しかったのでここに書き付けている。

Tuesday　December X　fine
このところ、国鉄のストで毎日九時始まり。金曜日は国鉄ストが重なってとうとう休校になった。
今、私は元気じゃない。からだのことじゃなく。むしろからだの調子はいい方だ。
金曜から生理が始まって、妊娠していないことがハッキリした。想像妊娠だなんて。随分悩み、彼にも辛く当たった。もちろん、不安がなくなって、これは大変嬉しいことだ。でも、楽しくない。妊娠してなくたって結局は同じことなのだもの。

＊

師走二十四日

久しぶりに日記を付けている。今、リツが来ている。風呂に入りに来た。彼女が風呂に入っている間にこの日記を書いている。

このアパートに引っ越して以来、ボクは数えるぐらいしかこの部屋に寝泊まりしていない。十月末に入居したのであるが、さあ、十日ほどであろうか、従ってほとんどリツの部屋で寝泊まりしていることになる。女友達と住むという話は消えたようだった。

今年も残すところ七日ほど、今宵はクリスマスイブだ。四月にH市に転勤して、八か月が過ぎた。勉強不足を実感。適性が乏しいのに教員を続けている。それで常に不安に苛まれるのであろうか。

けれど他の生活手段を思いつかない。教員を辞めたいが、とても決断できそうにない。リツに言ったら……どうなるか？　無職のボクなんかに用はないと言われそうである。新たな仕事を探すのは、大変そうである。ボクは仕事もリツも失いたくない。もう少し続けたら教師らしくなれるかもしれない。ボクはそれにすがっていた……。

初恋の終焉は転勤のころだった。そして……ナホ、君も可哀想な娘だ。一途に慕っても実らない恋、僕の恋愛遍歴に君が参入する余地はありそうにない。教師としての誠意から、いや、男の誠意からの僕の冷たい言葉。

「君との将来は約束できない」

そう言われて受けた彼女のショックはボクにはわからない。彼女の強さは知っている。耐える力があると思う。出会いのころと比較すると、彼女は随分と成長した。教師として、誠意をもって対応したつもりだ。けっして彼女に対して後ろめたいことはないはずだ。だけど、すでにあの娘に試練を与えているようだ。僕の写真を、ズタズタに破り棄てたそうである。だけど、気が変わり、破片を拾い集め……。

君は成人して社会人になった。しかし、僕とは縁を切る方がいい。君の積極性は危険だ。そして、今の僕は君に対して危険人物になってしまった。リツと上手くいかない僕は、君を慰み者にしてしまいそうな予感がする。肉体関係を持たないうちに交際を絶つ方がいい。関係を持った相手を諦めることがいかに難しいことか、僕は知っている。ナホ、君は若い。きっと、似合いの相手がいるはずだ。君が幸せになってくれることを願ってやまない。僕とは、もう会うな。

そして、先月J子と偶然再会した。別れて三年になる。K市のある学校で偶然に再会、忘れたわけではないが、もうずいぶん昔の出来事に思える。

まだ結婚していないのか？　ボクより一歳年上。彼女は可哀想な女、僕に棄てられたのだ。身体の関係はなかったから、「棄てられた」の表現は適切ではないかもしれないが。

スキー場で知り合った男性の誘いを断っているという。彼女は新しい出会いを拒絶しているらしい。なぜ？　それで言ってやった。

「俺とホテルに行こう」

行くところまで行って惨めに捨てられたらいいのだ。諦めも付くというものである。すると、

「結婚前提の付き合いをしてくれるなら、いいわ」

なんということだ。やはり、J子はいまだにボクを慕い続けているのだ。古賀政男の『影を慕いて』か？　抱きたかったら、このまま車に乗っけてホテルに行けばいいのである。

彼女は知っている。僕が嘘をつかないことを。次の瞬間、自分でも驚く行動に出た。J子の胸を鷲づかみしたのだ。車に押しつけられたJ子は驚いていたが、そのままじっとしている。

僕は彼女に対して禁忌事項はない、セックスを除いて――いや、しようと思えばセックスだって許されるのだ。口に含んでくれたJ子。どうやら、キャスティングボートは、まだボクの手にある。柔らかい乳房を痛いほど握りしめ、僕は言った。

「J子、俺のことは、もう諦めろ」

夕方でよかった。白昼なら通報されたかもしれない。

「……お願いだから、もう、俺のことなど忘れてくれ。そして、自分の人生を歩んでく

れ」

僕は泣きそうな声で言った。お願いだから、早く僕のことなど忘れて幸せになってくれ。J子は純真なだけに時間が必要なのだ。それにしても、長い間、慕い続けてくれたJ子が不憫である。こんな愚かな僕を……。

「貴男は何処の空の下ですか」と書いたハガキをJ子はくれた。想い出が鮮やかに甦り、懐かしく当時を思い出した。いまだに僕を慕い続けていたとは——。あんなハガキを寄こしたくらいでは伝わらないぞ。男女の関係はなんて残酷なのであろうか。

＊

Tuesday　January 6　fine

二十八日に家に帰り、五日に出てくる。暖かい正月であった。母がいない正月。父と姉と三人で過ごす。

Saturday　January　X　fine

この冬一番の寒さである。からだがしびれてしまいそう。炬燵に入って、ストーブをつけてもなかなかあたたまらない。新学期も三日たった。やっぱり身体がなかなか慣れないのできつい。

昨日は今年初めての授業だったので、腰や肩が痛くなった。夜も食事をすませてから、たのまれていた清書にとりかかったので余計肩がこった。口をきかないので彼も不機嫌。寝酒を飲んで黙ったまま二人寝る。十二時前だったけど、私は寝つかれない。眠いのに目が覚めてしまった。寒かったからだ。彼はいつもなら肩を抱いてくれるのに、怒っているので触りもせずに寝てしまう。お酒を飲んでるので、あったまっているのか、やがて寝はじめた。私はぴったり身体をくっつけてがまんしてたけど、いつまでたってもあたたまらない。手足がしびれて悪寒が走る。電気毛布の目盛りを七まであげたら、やがて彼が暑がって起き出してしまった。私はそのころからようやく寒気がなくなりほてりだした。熱が出たんじゃないかと思った。少し脈も速くなったけど、別にどこもどうでもない。お腹を二〜三日前にこわしたのが少し、しこりのように痛んだだけ。ともかくずいぶん長い時間目が覚めていた。彼も起きていたようだ。

Wednesday　January X　fine

七時半、彼はいない。今日は来ないのだろうか。今日の帰りにメモを渡してくれたけど、思い違いをして捨ててしまった。今日は家に来ないと書いてあったかもしれない。

ひどく部屋が寒々としている。昨日は入試問題を作るためにHさんの所に泊まった。

彼には帰る時にそのことを告げたのだけど、私がいないのがやっぱりつまらなかっただろう。

私たちのことは一体どの程度知られているんだろう。付き合っているのかとたずねられたことはある。全く噂がないとは思えない。形がただの交際ではないだけに、やはり人の目は怖い。結婚の約束だってしていない。具体的なことは何一つ考えていない。今年で職場を変えるのかどうかだって……。

もしこの職場で教師を続けるなら彼とは別れるだろう。別れるのでなければ仕事を続けられない。

こんなに人の目を忍んで不健全な生活を送って、教師なんてできやしない。本当にどうしてこんなことになったのかしら。

同僚のNさんは勤めを辞めるそうだ。教師には向かないと見切りをつけたのだ。Nさんは誠実だし純粋だもの。H先生との結婚は一年延期で、Hさんは勤めを続けるそうだ。家の人の反対などで、彼女も悩んでいる。でもうらやましい。二人は愛し合っているし、息が合っているもの。

私は、やはり彼を愛しているとは言えない。今の気持ちは慣れたというだけのことだ。「誰か」が必要だったのだ。その「誰か」が彼だったにすぎない。こんな私だから、いつも彼に弱みを握られた気持ちでいる。

＊

三月某日

久しぶりに日記帳を広げる。進級認定会議の後に同僚親睦会があった。今月で辞めていく職員の送別会も兼ねており、リツもその一人だ。

どういう顔をすればいいかわからない。迷いながら、彼女の席の前にかしこまり、黙って魔法びんのお茶をついだ。男女の別れにも、こんな送別の会があればいいのではあるまいか。膳を挟んで座り、別れの杯を交わす、全てを水に流し、それぞれの人生に旅立つのだ。僕たちの場合、立会人、証人がいないと、うやむやになるかも。僕たちの別れの日が近づいている予感がする……。

かりそめの仲は相変わらず続いている。昨夜は「ドン・キホーテ」のテレビ映画を仲良く観た。リツを膝に抱いて。やがて別れる二人にしてはムードがありすぎだ。肉体的には互いに満足している。リツは最近とみに開花してきた。

……だが、ボクはとても孤独だ。アパート近くで待っていたが十二時になってもリツは帰ってこない。M氏たちとパチンコをしていたから、その後どこかへ遊びに行ったのであろう。同僚のHさんか、姉の所かもしれない。

ひょっとしたら、M氏と一緒ではあるまいか？　リツは以前からM氏に好意を持っている。どうして彼が付き合いやすいかと尋ねたら、「彼は柔らかいから話しやすい」と答えた。

南国の風を感じさせるM、ボクも嫌いではない。とにかくいろいろと憶測してしまう。彼女は嘘をつく女かもしれないではないか。いや、訂正、日記に嘘は書かないであろう。

リツは基本的にボクに興味がないのだ。日記によれば「私に構いすぎる」のだそうだ。好きになった女性について、より深く知りたいと思わない男がいるだろうか？　親しくなりたいと思わない男がいるであろうか？　ボクはリツのことを知りたい。気持ちを通わせたい。だが、彼女は心の中を明かさない、というよりも感情的な話題を全くしたがらないし、会話そのものが少ない。あいつは、心に鎧を着ている。

日記から情報を入手してはいるが、会話ではない。気持ちの触れ合いは、やはり肉声で行うものだ。そういえば付き合い始めたころから、ボクばかりが話をしてきたような気がする。僕が小説家志望であるということは内緒にしている。一方的では、やがて話題がなくなってしまう。

気持ちの通わない男体と女体。雄と雌。今のボクたちがそうだ。つながっているのは肉体だけだ。凹と凸の合体、リツの凹に、ボクの凸を入れるのだ。身体を抱きに来て、その女体の帰りを待っている。共鳴して痺れる愛しい女体、愛は錯覚か？　待っていることは知っているはずだが、彼女はとうとう帰宅しなかった。ボクは無視されている。

愛の反意語は憎しみではなく、冷淡だという説がある。リツは「冷淡」そのもの。だとすると、リツの僕に対する感情は愛の対極、そう考えると全て納得である。

ではボクのリツに対する感情はどういうものか？　今のボクは愛憎半々。ただし、リツの顔を見れば嬉しくなってしまう。ボクの身体が喜ぶ。肉体、柔らかく甘い肉体。ボクはリツのしなやかな肉体への愛の来訪者だ。

そして半分は「憎」。リツを憎みに来訪していることになる。互いの肉から染み出る甘い蜜、やがて歓喜の噴火、熱い火山弾を受けて女体は痙攣する。もちろん男にも至福の瞬間だ。身体だけの愛の交換。心は「憎」の分野。こう考えると納得である。僕はリツを「愛し」に、そして、「憎み」に会いに来ているのだ。

肉体だけでなく、心が欲しい。自分は純粋だと思いたい。だが、気持ちが通わない二人、通わせたがらないリツがいる。ボクは日記に打ちのめされる。二人の間には不純な匂いが立ちのぼっている。

ボクは汚れている。今――ボクは苦しい。だが、あの時のような底なしの闇ではない。ボクは死んでもいいほどその女が好きだった。愛していた。だがリツは憎い。最初から憎い女だったのであろうか？　いや、最初は魅力的な存在であった。本気で付き合いたい、できることなら妻にしたいと思った。

今ではそう思ったことさえ信じられない。したいとは思ったが、環境も邪魔をする。確信の持てないボクの仕事、タイミングが悪すぎるのである。ボクの適正婚期は、十年ぐらい先なのかもしれない。それどころか、アイツの日記で、ボクのハートはズタズタ、ボロボロ雑巾である。比較してはいけないが、あの女性のような微笑みが欲しい。しゃにむに愛してくれた初恋の女《ひと》……あのころの僕は、透明なほどに純粋であった。

五月六日　午前零時

三日の夕方七時ごろ、リツが突然、部屋に来た。ボクは先ほど帰宅したところである。腹が痛いと言う。乱暴にならないように気をつけて衣服を脱がす。腹部が少し膨らんでいるように見える。

彼女のアパートに寄ってから帰ってこようかと思ったが、憤慨していたボクは別に会わなくてもかまわないと強がっていた。先日の夜、連絡もしないで帰ってこなかったリツに気分を害していた。「嫌いではない」と言うリツ。ボクのプライドは傷だらけの悲惨な状態だ。気分は、ほとんどストーカー。

リツは、生理が先月から止まっていると言う。以前にもなかった月があったが、かなりの重苦しい葛藤の末、想像妊娠だとわかり、二人とも胸をなで下ろした。

今回はどうも本物であろう。先月のこと、リツの態度と言葉に気分を害し、避妊を省略したことが二回もあった。怒った時にできた子だ。そんな子は産んでほしくない。妊娠するかも、妊娠させてもいいやというやけくそなセックス。恐ろしい、そんな気持ちの時にできた子供、怖い。そんな子は絶対産んでほしくない。

日記を書きながらボクは混乱している。自分で自分の気持ちがわからない。産んでほしいという気持ち、とんでもないという気持ち。冷静にならないと自分の気持ちすらわからない。

とにかく、ボクの気持ちをはっきりさせなければならない。リツが日記に書いているように、最近のボクは本当に男らしくない。リツに対しては特にそうだ。頭が良くて美人、甘美な肉体、リツに執着するあまり、ボクは女々しいオトコになってしまった。

性格不一致？　ボクたち、気持ちが重なったと思える瞬間は一度もない。結婚の選択は不幸への一里塚……。見合い結婚だって幸せな家庭を築いているカップルはいる。妥協と協力で成り立たせている。あるいはボクたちだってうまくいくかもしれない。うまくいってほしい。

……だけど、価値観の違いというか互いに考えることがまるきり違う。わからない、どうしたらいいかボクはわからない。結婚、肉体本位の結婚をしても心の安らぎなど期待できない。身体も美貌も早晩衰える。今は綺麗なリツだって、いずれ脂気のないオバサンになるのだ。ボクも同じ。今は元気なあそこも単なる排尿器……好きな乳房も、いずれは干からびた梅干し。肉体の魅力だけで結ばれた男と女、身体への魅力がなくなれば別れも必至だ。互いに、我慢できなくなって離婚なんてことになれば悲惨だ。子供は誰が育てる？リツと別れても、子供を見捨てたら可哀想……。

五月某日

学校から帰ったのが八時、食事をして九時、銭湯に入って帰ってきたらもう十一時になった。銭湯帰り、U氏が酔ってフラリフラリ歩いているので遠くから声をかけたが、お呼びでない感じ。誰かの家に行くのであろうか？

このところ創作意欲が全く湧かない。仕事にする気はないが趣味としての表芸にしたい。なにしろボクには何の取り柄もないから一芸ぐらいは持ちたいのだ。できれば社会に評価される小説を書いて生存した証を残したいものだ。そうでなければボクの人生は……ゴミで終わってしまうではないか。

なぜボクは頭が悪いのであろうか。文才もありそうにない。努力すればすごい小説が書けるかもしれないなどということは、ほとんど妄想だということも自分ではわかっているのだけど……。

ボク×リツ⇓A子？　またはB男？

今のボクは子供に対して責任が持てるのか、リツと協力して子育てできるであろうか？

最近読んだ本『火宅の人』檀一雄。

かなり厚めの本で二日かかって読了した。太宰治と親交のある作家である。私小説の代表的な作品、作者の実生活をそのまま小説にしたような作品である。こういう作品なら僕にだって書けそうな気がして興奮する。しかし、実際に書いたとしても果たして発表する度胸があるであろうか?

私生活を公にするには相当な覚悟が必要であろう。モデルについてはどう考えればいいのであろう? プライバシー侵害で傷つけてしまうかもしれない。風評被害の危険性もある。その夫もいる。その子孫もいる。ボクには無理だ。仕事を変えても多分無理だ。自分からスキャンダルをまき散らすようなものだ。

だけど書きたい、残したい。どんな作品でもよい、とにかく作品を残したい。生きざまを文学に昇華するのだ。僕の夢であり生き甲斐。できなければボクはゴミで終わってしまう。全てを喪失した後に、やっと残す遺品としての創作、拙い作品でもいい。

リツ、子供は産むな。お前は不幸になる。僕はなおさらだ。身体は開いても心を閉ざした貝だ。受け入れる気持ちが全くない。気持ちの交流をしてくれない。ほんの少しの優しさと存在認知、ボクを夫としての候補に入れてくれ。望んでも無理なことであろうか。それをボクはひたすら望んできた。だけど悲しいことにお前は少しも変わらない……子供は産めない。お前はそれを知っているはずだ。

五月二十四日

憎いリツ。今、午前零時、その日の、憎いリツからの電話。

「もしもし」

「リツ子です」

「あっ、どうしてたの……、心配していたよ」

「今週、帰るの」

「えっ、どうしても帰るの？」

「ええ」

「身体だいじょうぶ？」

「あんまり大丈夫じゃないけど……」

「ふーん」

「じゃ切るわよ」

「……じゃ」

職員室同僚の耳を気にしながらの短い電話、ボクの知りたいことは何一つ伝えてくれていない。僕はこのところ、眠れない夜が続いている……。

近場の喫茶「ＪＡＳＭＩＮ」でビールを二本飲んできた。ウイスキー水割りが効いてくる。リツ、クソ、お前の気持ちは手に取るようにわかるぞ。ボクの気持ちもかなりわかってるだろうが、それ以上にボクはお前の気持ちがわかってるんだ。なぜならお前の日記を全部読んでいる。それに、リツの心理を分析し、想像し、究明する能力まで付けてしまったからだ――。

「尊敬していない、尊敬できない」とは、「軽蔑している」と同義語ではないか。

ボクはお前が憎い、愛してくれないお前が憎い。お前のお腹に僕の子供がいる……、何といっても、今のリツを一番気にかけている一番近しい者は、この僕だと言いたい。

お互い欠点だらけの人間。お前の欠点はよく知っている、知りすぎてしまった。だが、この世界で、今、君を一番愛しているのはこのボクだ。お前の腹にはボクの子がいる。男の子か女の子かは知らない。欠点を知り過去も知り、憎みながらもこの世で一番愛しているのは……。

六月某日

先週の金曜日に職員室のボクに短い電話があった。

「ハイ、Yですがー」

「モシ、モシ……」聞き覚えのない細い声。

「モシ、モシ、Yですが……」

「リツです……」

「ああ……」

「………」

「……どうだい、心配してたんだよ……」

「明日は帰るわ……」

この帰るとは実家の意だ。

「ふ～ん、来週は？」

「来週は歓迎会なの……」

「カラダは？」

「ええ、あんまり大丈夫じゃない……」

「フウーん」

「じゃ……」

「え、ああ……」

電話を一方的に切ってしまうので腹立たしくなる。が、それ以上に心配が募る。

すでに妊娠三か月を過ぎるはずである。……リツの腹の中で一日一日育っている、そのことを考えると眠れなくなる。それがボクの子であることは疑いようがない。

食い違ってしまった。結婚なんて考えられない。避けているのか、彼女が会おうとしないので、変だなと思いながらもボクも怖くて、会いたがらないリツに甘んじていた。

彼女からいろいろ言ってきてほしい。いや、男のボクが決断すべきか？　妊娠を機に結婚すべきか、いや不安定な自分にはまだ早すぎる……このところ苦しくてたまらない。会うのを避けるリツの態度が腹立たしい。限界だ。もう限界、リツ……。

その日は職員会議があり遅い時間になってしまった。リツの住むF市へ向けて車を飛ばす、土曜日の課題を放置して――。連絡も取らずに出発した。リツがいることを願いながら車を飛ばした。三時間、慣れたとはいえ休息も取らずに運転を続けると頭痛がしてくる。

アパートの灯りは在宅の灯だ。無施錠の玄関引き戸を少しだけ開けて様子を伺う。泥棒みたいな開け方になった。開けかけた戸をノック。リツが姿を見せる。嬉しそうな表情が意外だ。恐る恐る居間に上がる。するとすぐに寄り添ってくるリツ。

「ああ～そうか、淋しかったのだ、それで電話を」

立ったまま抱き寄せて感じるリツの体温。「リツのバカヤロウ」などと憎々しく思っていたことなどボクは忘れてしまった。気になっていた腹のことを尋ねると、リツは急に硬い表情になり、重い口を開いた。

「……もう、イヤ」

「……病院に行ったの？」

「うん……」

「それで」

「……」

「堕ろしたの？」

「ええ」

「堕ろしたのか……」

「もう、いやよ……」

「エッ……」

その意味はわかりすぎるほどわかっている。僕たちは別れなければならないのだ。

「え、何て言ったの？」

「……」

「もういやって、全て？」

「全て……」

「……」

「……」

「……早く結婚しろ、誰かと見合いをして。ただし、恋愛は絶対するな」

「……」

「干渉するなって？」

「ええ……」

「もうイヤって、全て嫌い、ボクの全てがいやの意味？」

「そう……」

そうであろう。ボクは卑怯者だ……。赤ちゃんが消えた。ボクの心に、乾いた涙の滝……ボクの子が消えた。許してくれ……リツを引き寄せると素直に応じる。もう終わり、と観念してやって来た。傷ついたリツが哀れ、可哀想なことをしてしまった。

今回のことはどう考えても僕は男らしくない。狼狽して逃げ回っていたのはボクだ。理性では、良くないとわかっている。妊娠させても責任を取れない関係なら、解消しなければならない。

仕事に自信が持てない今の僕は、多分誰と付き合っても同じことであろう。かと言って、今すぐ転職する勇気もない。新たな仕事を探そうにも、簡単なことではない。

今の仕事を辞めたら、その時がリツとの離別の時になる。だが、だが、僕はリツを手放したくない。問題はこの部分だ。答えはすでに出ているようである。

いくら苦しくても辛くても二人は別れる。それがベストな選択……だが、今の僕にとっては絶望への旅路。

もう一つの選択肢、無理を承知で行くところまで行く……しかし、これは「三途の川」への旅路……。

時々思い出すリツの日記。

「もう来ないよ」
「そう」
「さよなら」
「私、お風呂に行くわ」
曲がり角までいっしょに歩いて
「じゃあ」

曲がり角までいっしょに歩いて、「じゃあ」と言って別れる。瞳も見つめず、手も振らず、振り返りもせず。涙も流さず、平然と、一歩ずつ遠ざかる。一歩ずつ、一歩ずつ、孤独を通り越した虚空の中へ……そんな別れがしたい。

明日もまた恋人でいるかのような、何気ない別れがしたい。別れたら死ぬほど辛い時に、平然と別れたい。その男が、私の心に一生やきつくように。

リツの日記は、腹が立つ書き込みばかりだ。ところが、この別れのシーンは、ボクのお気に入りだ。悔しいが、リツには文才がある。そして、もし、どうしても別れなければならない時が来るとしたら――想像するだけでボクは悲しいけれど――その時の参考にさせてもらおう。

君が、「死ぬほど辛い時に」風呂に行くように別れてあげよう。

「ボクが、一生心にやきつくように」

取りあえず、リツのボディは僕の手中にある。風呂に火を付けて帰ってきたリツを座らせ、スカートに手を入れ、ショーツの中を覗き見る。普通のことのように、女の下着に手をかけて覗いている、それを見ているボクがいる。多分、生涯に二度とないシーン。ショーツに挟んだパッドには、血が滲んでいる。血を見て堕胎が現実味を帯びて僕に迫った。これは生理の出血なんかじゃないのだ。ボクの赤ん坊が処分されてしまった。誰が堕ろしていいと言った。話をする機会がなかった。リツは逃げ回り、まともに話をさせてくれなかった。

イヤ、イヤ、そうじゃない、本当はボクの方が逃げまくっていたのだ。ボクにはなにも決心する勇気はなかった。リツが全て自分で抱え込み、自分で処理してくれたのだ。悲しみと安堵感が交錯する。リツを苦しめてしまった。

「しんどかったなあ〜リツ。許してくれ、リツ」

リツが可哀想である。僕の事情で苦しめることになってしまった。

まだ白状していないけれども、ボクは早晩、今の仕事に見切りをつけようと思い始めている。簡単には決心できそうにはないが、新たな仕事も探さなければならない。

君の日記にあるように、ボクはまだ結婚する資格のない子供なのだ。ボクたちの別離は、必然かもしれない。心の中で、あれやこれや謝りながら、リツを裸にしていった。僕は苦しかった。リツはそれ以上に辛かったのだ。本当にごめんなリツ。

風呂が沸いた様子なので二人で入ることにした。狭い洗い場、丸いプラのイスに座らせ、背中を流してあげる。ボクの好きな背中、引き締まった臀部。小さい乳房、両手で握ってみる。懐かしい感触、いつもはしない対面で長すぎる足の間に座り込み、指先から順番に洗った。足長蜘蛛の餌食スタイルみたい、カマキリみたいにボクを食べてくれていいよ、リツ。役に立たない雄のカマキリぐらいのオトコだ。スネンボウ、モモ、腹、肩、首、泡立てて局部も洗ってあげる。ここから、僕たちの赤ちゃんが……辛かったな〜リツ、ゴメンよ。ボクは男のクズだ。

別れを覚悟して来た。けれど別れの決心が泡ブクになって流れてゆく——ボクは本当にどうしようもないカスだ。

リツが細い指を泳がせて布団を敷いてくれる。何も変わっていないみたいな二人。こんなことでいいのか？　しなやかな肉体、慣れ親しんだ白い身体、理性喪失はボクの責任じゃないと思えてくる。

肌掛け布団に横座るリツをそっと抱き寄せる。僕の腕にリツの華奢な上半身、唇を当てながら考える。君はもう怒らないの？　諦めてしまったの？　それにしても、出血している身体を抱くのは、いかにも不謹慎ではあるまいか？　堕ろした子に、食いちぎられても仕方がない。少し躊躇する。

だけど長く会えなかった二人は、意思とは関係なく肉体はすでに限界状態。リツを抱きたい。肉体と気持ちのタイムラグ、ボクは身体に先導されている。リツはどうなの？

意外にも、狂おしくしがみついてくるのであった。不思議……そうか、淋しかったのだ。相談できる人は誰もいない。長い間独りで苦しみ、孤独な時間を耐えてきた。男のボクは何も言ってくれない、相談もできない。憎まれて当然のボクなのだ。なんというダメオトコであろうか。なんというひどい仕打ち、男失格、人間失格だ。許してくれリツ。どんなに罵られても仕方がない、ダメな僕を許してくれ。

狂おしい抱擁で、リツへの恨みは忘れてしまった。抱きしめ眠りに就こうとしたが、ほとんど眠れなかったのはリツのせいだ。

朝方も彼女から顔を寄せ、細い肩を寄せてくる。優しく抱いてやると自分から唇を寄せてくる。今まで自分から求めてきたことは皆無。不思議だけど、ボクは嬉しい。

今度はボクの好きな背後から……、スラリと伸びる背骨とその窪み、その下部に引き締まった小さい臀部と深い窪み、情報の多い表より、裏の方が好き。ボクは、リツの裸の背中を見ただけで興奮する。くねる腰、締めつける膣、急速に高まり忘我の中で果てる。

それにしても、リツの身体のあまりの変わりよう。あの部分の激変、別人みたいである。堕胎の関係と容易に推測できるのが、不憫ではある……。愛しいリツ、恨んでいたことなど忘れてしまった。優しく拭いてあげる。微かな寝息を立て眠るリツ、たまらなく愛しいリツ。


朝八時過ぎ、うつらうつらしていると、リツは起き出して洗濯を始める。ミニスカートに半袖シャツ姿、タバコをふかしながら床から眺めているボク。家庭はこんな感じなのだろうか？　手際よく作業するリツを見て思う。

見合いで知り合い、結婚していたら、こんな平和な家庭が築けたかもしれない。

それと同時に、お前は日記を書くな、という気持ちがよみがえる。お前の日記を読んで、それでも愛せる男はいないぞ。ほかの男と結婚したとしても、絶対に書くな。忠告だ。

今の僕たちに可能性は少ない。ほとんどない。男と女が抱き合っているだけの関係にすぎない。言葉数が極端に少ないリツ。心を開かないお前とボクに、夫婦としての未来はない。こだわるボクは異常であろうか？

穏やかに静かに流れるこの時間は何であろう？　サラダとトーストの朝食兼昼食。床の中で横になっていると、歩み寄って座り、布団の上に、フワリと白鳥の着地。華麗に置かれたその手つきに見惚れていると、リツは「ね〜え、私、昼から付属高校に行くのよー」と言った。ボクがいるのに出かけるのはシャクだ。でも、リツの仕草が美しかったので「ああー、そうか」と思って受け入れた。

「何しに行くの？」

「うん、卓球。知り合いが来るの」

「ふうーん、ボクを置いて出かけるのかい。ボクはどうすればいいの？」

などと話していたら、次第に腹立たしくなってくる。

「明日はH市に行くのよ」

「H市に来るのなら、ボクの所に寄れよ」

「でも……」

「なんだい」

「うーん、家に帰るの」

母親の一周忌で実家に帰るのだという。出張の夜はボクの所に寄れる計算になる。どうしても寄れとしきりに言うが、なかなか返事をしない。問い詰めると、

「私たちは今さら会ってもしょうがない」

と言うのだ。結婚する気もなく、悩んだ結果、数日前に子供を堕ろしたのだ。二人に未来はない、そのことはボクもわかってはいるのだ……。昨夜のリツを思い出していた。狂おしく、激しく求め合った二人。ボクを眠らせなかったリツ。心とは裏腹にリツの肉体はボクを求めている。ボクはお前を離したくない。

アパートに寄る約束をしなければ、卓球に行かせないと言うと、

「ダメよ、行くの」

と言って立ち上がろうとする。リツを押さえつけると、目尻に涙が滲み、やがてボクの膝に流れ落ちた。

「冷たいなー」

指で拭ってやっても、涙が零れる。唇で吸い取ってやるが、涙は止まらない……。

「自分を憐れんでの涙なの？　自分を可哀想だと思って泣いているのだろう」

リツの涙は以前に一度見たことがある。チョットした意地悪をしたらふっと出てきた。だが彼女の涙にたいした意味はないのだ。一分先には、別なことを考えることのできる女である。涙に感動させられたらバカをみる。

「俺を恨んでいるの？」

自分でも下らないことを聞いたと思いながら、

「自分を可哀想と憐れんでの涙だろう」

そう言いながらシャツを脱がし、ブラもはがして抱こうとする……が、涙が止まらないリツ。少しリツが可哀想になってくる。下ろしかけたショーツ、パッドには血が付いている。泣いても可哀想だとは思わないぞ。

妊娠させたボクは、無言を通し、何も言ってやらなかった。彼女は独りで病院に行き、独りで手術を受けた。ああ、ボクはなんて男だ。リツにも自分にも、腹が立ってきて、その腹立たしさが止まらない――。

「どうしても遊びに行きたいの？」

「だって……、だって独りなんだもの……」

ボロボロ涙を流すリツ、さすがに可哀想になってくる。

「もう泣くな、抱かないよ、遊びに行ってきなさい」

「明日、ボクの所に来るね？」

「……うん」

六月某日

約束の時間に街はずれの駅で待ち合わせた。会ってもしょうがないと言うリツ、渋々承知させたデート。どんな顔をして来るかわからない。ボクは愛しい恋人を待っている。フワフワした気持ちだ。現れたリツは薄いグリーンのロングスカート、モデルみたいである。ちょっと首を傾げながら、

「コ・ン・ニ・チ・ハ」

とリツは言った。キュートな表情、リツの心にもないサービス。わかってはいても、前立腺のあたりが熱くなる。男たちの羨望の視線、ボクの後に従うドレスの女。ごまかした靴の高さで、ボクは捻挫しそうである。こんな晴れがましいシーンは、二度とはないであろう。全てが偽りのペア。ボクの心には寒風が吹いている……。

食事を済ませて部屋に帰る。リツを横にして、持ち帰った仕事をするボク。気持ちは静寂の林、青空と雲を映している鏡の水面。僕はそばに誰かが必要なのだ。一人では生きていけない――優しい女が必要なのだ。悲しいのは、それがリツではなさそうだということである。今はリツにいてほしい。別離が必然な女。なんという優柔不断、卑怯な男……。

すでに丑三つ時、二時になっていた。眠そうなリツを腕に抱いて、おとなしく眠る。目覚めの朝、腕の中にリツを抱いて凪の海原。目覚めたリツが自分から顔を寄せてくる。先日からリツはすっかり変わってしまった。自分から求めたりしたことなどなかったのに

……。そんなリツを抱きしめ、ボクの唇を喉元に這わす。可愛い乳房を丸ごと口に含み舌先でくすぐってやる。心配は何もないかのように抱かれるリツ。

以前は受け身で控えめ、ボクが操るセックス・ドール、言いなりのおとなしいリツが可愛かった。今はどうだ、奔放な熟女になってしまった。驚くことに内部まで変身してしまった。まるで別人である。

ボクはリツの身体というか、女体の変貌に驚かされている――。手術によって、膣管が刺激を受け、スポーツ歴とも関連して、リツの膣は――妖艶に、華麗に変貌してしまったのである……。リツは蝶々のように脱皮してしまった。男としては嬉しい。こんなにも共鳴する僕たち、高みで震えるボクたち、二人の身体を貫く刃、いっそ死んでしまっても本望だ。薄れ行く意識の中で、二人の心は寄り添うのだ。それも幸せかもしれない……こんな僕たちに別離が必然なのであろうか？

次の土曜に会う約束をさせて、母親の一周忌に帰してやった。

六月八日

稲荷神社の祭礼の時に会ってほしいとナホが電話をくれてから一週間になる。今日から三日間が祭りだ。知り合って三年目、社会人になったナホは感じがガラリと変わった。そのナホが熱烈に求愛してくる。

あの時……路肩に車を停めた途端、助手席のナホが、突然飛びかかってきたのである。まるで豹だ。ボクは彼女に食べられてしまいそうな気さえする。

まだ明るい、見られたら恥ずかしいではないか。一方通行のバイパスなので見られはしないだろうが、対向車線のダンプからは見えてしまう。圧倒されて、ついディープなキスをしてしまった。当然なりゆきでオッパイも揉んだ。ひと月ほど前の出来事である。ナホの積極性は怖い。

その後一回会ったが、我慢して触らなかった。リツとのことがある。さすがに気が引けるのだ。ボクはプレイボーイではない。危険を感じたボクは、ナホには連絡しないことにしていた。ところが、ナホから電話で、渡したい物があるからと言ってきたのだ。

渡したいもの？　若い娘、社会人になった可愛い教え子、嬉しい話である。それで仕方なく（？）会う約束をさせられてしまった。

慕ってくれるナホ、もういっぱしの成人女性なのである。付き合って悪いわけはない。それに、ボクには別れなくてはならない女がいる。ナホがいれば、ボクは彼女と別れることができるかもしれない。打算、恐ろしい策略に寒気がした。……やはり、後年になって残酷な試練を与えてしまった。僕は悪いオトコ……。

だけど、ナホとはやたらと話が弾む。彼女の多弁さにつられて話は尽きない。いくらでも話が湧いてくるのだ。誰かさんとは大違いである。話のキャッチボールがとても楽しい。

知り合ったのはナホが高校二年生、社会人になった君は今何歳だ？　学校での思い出、職場のこと、寮生活のこと、仕事のことなど君にはいくらでも話題がある。君が何を期待しているか知っている。だけど、ボクにとって君は生徒のままだ。自制して僕たちは会わない方がいいのだ。が、約束した電話は、しなくてはならない。明日しようか？　仕事が忙しい。

世の中は皮肉なものだ。この女性ならと思う相手は通り過ぎるか無視。望まない相手は向こうからやってくる。J子、君は可哀想だった。Jと同じ悲しみを味わわせてはいけない。ナホの相手はボク以外の誰かでなくてはならない。

結婚する気もないのに、教え子と親密になる、教師としてしてはならないことである。

……しかしすでにボクはキスをしてしまった。オッパイも揉んでしまった。求められたら拒絶は難しい。はち切れそうな乳房、ピチピチギャル、嫌いでない娘に迫られて、拒絶しきれる男がいるであろうか？

六月十一日

昨夜は妹のアパートに泊まった。気心の知れた人間のそばにいると安心する。僕は弱い、それに寂しがり屋、誰かが必要なのだ。それがJであったり、Sであったりして、そしてリツに出会った。ラジオから流れる歌が、いい加減な恋などしないほうがいいと歌っていた。ある生徒が昨日と今日で三通も手紙を寄こした。手紙をもらうのは嬉しい。でも、期待している女性はくれないで、どうでもいい娘から来るのは、余計に侘しさを感じる。リツ、リツ……。

今夜帰ってみるとリツから手紙が届いていた。どうせろくなことは書いて寄こさないだろう、などとくさしながらも、少し期待して封を切る。リツ、リツ、リツコ、お前はボクのナンダ？

*

リツの手紙

こないだはどうもありがとう。無事一周忌の法要も終わり、F市の宿に帰りました。もうじき十一時なので寝る時間です。

今度の土曜日のことですが、やっぱり都合悪いんです。Hさんと遊ぶ約束をしてたんです。彼女は私が泊まるものと考えてるし、今日の夜、電話が掛かってきたんだけど、なんかもう断れなくて。

日曜は卓球の試合があるんです。三時までには終わります。〇〇高であるので、終わり次第そちらに行きます。勝手言ってごめんなさい。あんまり怒らないでね。じゃ、また。　リツ子

＊

いい加減な恋などしないほうがいい
「会ってもしょうがない」という
でも会いたくなってしまうボク
結婚する気もないのに
会ったら……抱いてしまう
リツよりボクが寂しいのだ
アイツは友達がいればいいのだ
遊びがあればいいのだ
……ボクは……ボクは……

ボクは約束を忘れていた。約束は履行しなければならない。昨夜、ドシャ降りの雨の中で、ナホにＴＥＬする。渡したいものがあるって、何だろう？

彼女は僕の電話を待っていた。話を聞くに、どうやら仕事が面白くないらしい、暇すぎると言う。もっと忙しい方が自分に合っているそうだ。彼女の性格からみて全くそうだろうと思う。彼女は元気がありすぎるのだ。

会って話したいとのことで再度の電話を約束させられる。ボクは彼女と会ってはならない。男女は、同情なんかで付き合ってはならない。自分のために、そして彼女のために——。しかし、哀切なまでに慕ってくるナホ。冷たくするのは難しい。

以前、それでJを苦しめてしまったではないか。何度も行ったスキー、河原の空地で運転を教えてあげた。休日や夜間を利用して、一週間ほどの特訓で、余裕の運転ができるようになった。そして、練習後は二人の慰安のキスタイムになった。次第に慰安タイムはエスカレートしていった。

初めて付き合う女性、好きであった。きわどい関係になりながらも、最後の一線はガード、尊敬すべき賢婦人である。ゆるやかな弧を描くロング・ターンで軽やかに舞う白銀のJ、スポーツウーマンであった。白布の座布団カバーが彼女の性格を表していた。清楚で真面目。J子と結婚していたら、平凡だが幸福な家庭を築くことができたかもしれない。いや、ボクは信用ならない。作家志望という悪魔の誘惑……。

冬から夏へと急速に接近した二人。二人は恋人同士のようになった。ただし、ある女性がボクの前に現れるまでは……。ボクは、次第にその女性しか見えなくなっていった。そして、ボクにとって衝撃的な出来事が起きたのである……。禁断の誘惑……それは同時に、Jとの別れを意味する出来事でもあった。

ボクは気持ちの変化を正直に言って、Ｊにサヨナラをした。

過去の女性、Ｊの場合
本当に幸せになってほしい
彼氏ができたかい？
二十七歳、まだ若い
幸せになってくれ
いつまでも元気でいてくれ

そして、ナホよ、お前は強い
そして若くてかわいい
僕に近づくな
僕に抱かれるな
必ず傷つくことになる
いい加減な恋などよそう
いい加減な恋など、しないほうがいい
リツ、リツ……

六月某日
つれづれなるままに
友もなく
愛する女もなく
一万六千円のアパート
拾ってきたテレビ
映りを気にしながら　家庭ドラマ
日記を書くのもおっくうな
どうでもいいような
土曜の夜

六月某日
日曜日の早朝、ぼくがまだ寝ている時に誰か来た。生徒かと思って玄関の扉を開けてみるとリツが立っていた。
十時から卓球の試合があるとかで女子高まで送る。三時に喫茶「m」で待ち合わせる。

S東劇で「カッコーの巣の上で」を鑑賞する。

帰りにH山にドライブし、少しだけ散歩する。どうも、ここは雰囲気が良くない。暗いので早々に車に戻る。車中で「O嬢の物語」よろしく下着を脱がせてペッティング、手をあそこにあてがったまま運転。

片手運転は多分違反だ。興奮して、我慢できなくなってしまった。野外もスリルがあって時にはいいかも？　途中の広い河原で「S」に及ぶ。助手席で覆いかぶさっていると数人がのぞき込んでいる。ビックリ。あわてて離れ、スカートの裾を下ろしてあげた、ボクは落ち着いて対応できるのだ。よくやるなあと思ってしまう。スリルがありすぎ、かなり後悔。彼女は表情を変えないで平然とした顔をしている。

倒した助手席シート、男たちは懐中電灯で、リツの全身を舐めるように照らし、笑いながら遠ざかっていった。

アパートに帰る。激しい抱擁、二回連続。ボクは完全にダウンだ。激しいばかりで何がなんだか？　ボクは死にそうであった。腹上死というんだっけ？　好きな女の腹の上、甘美なセックスの後に死んでしまう、それも幸せかもしれない。

眠る前、リツがねだる。

「ね〜、何か話して……」

「今日の映画はたいしたことなかったね」

「そんなことでなくてー」

「のぞきのこと?」

「そんなつまらないことじゃなくて」

「眠いんだ、寝ようよ」

何の話をしてもらいたいのか、本当は知っている。だが、今夜、とてもそんな気持ちにはなれない。こんな日に出す話題か。

「貴男の所に行ってもしょうがないでしょ」

なんて言ったのは一週間前である。ボクはそのリツの言葉で相当傷ついてしまった。あんなことを女に言われて、簡単に気持ちがほぐれるわけがない。僕の気持ちは、もう後戻りができない。今日の出来事で、チョッピリ報復を果したような気がした……。

六月某日
毎日忙しい、他の人はスマートにやっているというのに。ボクは要領が悪い。今辛抱して頑張っていれば先には何か益がありそうな気もする。現に昨年の指導資料がかなり参考になっている。これからも資料を残しておこう。できれば反省点、工夫すべき点なども書き残しておけばよい。
最近ほとんど本を読んでいないのは、自分の時間が持てないからだ。職場からもう少し早く帰ればよいのだが、仕事を持ち帰りたくなくて職場で作業している。疲れて帰るので、気力が消滅してしまう。

リツのことをぼんやりと想う。リツの裸が愛しい。何もしないで寝てしまうことになる。なんとか趣味の時間を確保したいと思うのだが落ち着かない。今の仕事は生涯の仕事にはなりそうにないという不安、それがボクを苦しめる。

できるなら仕事を替えたい……。優柔不断、軟弱さの根源は、恐らくここにあるのであろう。実際問題として、現在の収入に見合う新たな仕事を探すのは困難だ。何のスキルもないボクにできる仕事……肉体労働なら見つかるかもしれないが。まず、無職のボクに……リツは呆れて離れていってしまうに違いない。

同僚のペアが羨ましい。教員を辞めて、二人で新たに農業をするというのだ。農業という仕事が羨ましいのではない。話ができる二人。現在の仕事を辞めて、確たる見通しもないのに、新たな世界に飛び込む。そんな彼らの信頼関係はどうだ。手を取り合って新たな仕事にチャレンジできる彼らの固い絆が羨ましいのだ。

戦後の父は農業に携わっていた。僕は農家出身だ。だが、家の裏手にある山は城跡で、先祖は戦国時代には一国一城の城主だった。小高い山の頂にあるのは、戦乱で倒れた城主供養の五輪塔だと幼いころから言い聞かされて育った。いつしか培養されたプライドだけは、ボクの中に大きな顔で居座っている。

教員が農業者に――それにしても、よく決心したものである。互いの手を取り合い、泥にまみれて生活を切り開いていくのだ。声援を送ろうと思う。

それに比べて、ボクたちはどうだ。自分の悩みさえ話せない。まして、仕事を変える話なんて不可能だ。第一、会話そのものがほとんどないのだ。

小説への思いは、わずかにボクを慰めるアイテム。多分、小説は現実逃避の手段であろう。小説家志望なんて言えば、アイツに笑われてしまう。

仕事も趣味も全て中途半端。リツの言うとおり、ボクは子供かも。身体だけ成熟した精神的に未熟な子供？

それにしても不満がいっぱい。ボクの女はリツではない、それは九割以上の絶望的な確率である。今までに出会った中で、リツが最も不似合いな女と言える。不安と不満の濃霧にボクは覆われている。反対に、リツも僕に対して不安であろう。そのことは日記に書いている。とにかく、二人は気持ちが通い合わないのだ。可能性は皆無、話さえもできない状態では限りなくゼロに近い。どうしたらいいのだ？

このままでは互いに不幸になってしまう。この夏には絶対、はっきりさせよう、タイムリミットだ。ボクは勇気を出してアクションを起こさなければならない。彼女は二十五歳、婚期を逃させてしまっては可哀想である。多分ボクの優柔不断さが全ての原因なのだ。だが、僕はリツを失いたくない、関係を支える収入も失いたくない……。

七月某日

昨日、一昨日と同和教育研究大会で出張。誰もいない自分の部屋に帰るのは寂しい。F市まで足を延ばした。アパートにリツはいない。A川の土手、シジミ取りの人がチラホラ。ボクはズボンをからげて川に入った。

冷たい水の心地よさ、見上げる空は満天ブルー、白い鳥が飛んでいる——広い空間でのんびりするのは気持ちいい。幼年期の川遊び、温かい岩に寝転んで、冷えた身体を温めながら見上げたブルースカイ、あの空が恋しい……。

抑圧の苦しい日々、ボクは何をしているのであろう。望むのは大地に抱かれた安心と立命の境地、黙して歩める素朴な人生。人付き合いの苦手な僕は考えた。工場なら人間と対峙しなくて済むであろうと、中・高時代は工員志望、対人恐怖症の寡黙な少年だった。

どこで道を違えてしまったのであろう。今の環境は、最も苦手とする人間ジャングル……。それでも、人に揉まれ、他人と協調し、逞しく生きていくつもりになってはいたのだけれど……ボクは疲れてしまった——。

七月某日

寂しくてナホに会う。昨日は体調が悪かった。朝食をとらずに牛乳を多量に飲んだので下痢状態。生徒の××の奴が相変わらず反抗する。皆の前で叱りつけたのが発端、最近は仲間を作って反抗するようになった。面白くない、仕事が面白くない。

どうにもむしゃくしゃするので妹の所へ行ったが、仕事が忙しくて邪魔者扱い。とうとう、ナホに電話をしてしまった。久しぶりと喜んでくれる。だが、ボクは後ろめたい。時間が少し遅いが会うことになった。

ゴルフ打ちの後に海岸ドライブ、潮騒を感じる雰囲気のある空地に駐車したら、当然のようにナホは抱きついてくる。男女のボディタッチは一つずつ積み上がっていくのだ。前回の抱擁で、キスは当然になってしまった。乳房に触るのもごく自然、触らない方が不自然である。キスして乳房を揉む。高まるムード。豊満な白い乳房に顔を埋め――慰めてもらった。

股間は膨張して痛い。愛液が下着を濡らす――まずい、このままいくと、セックスは時間の問題になってしまった。ナホとは、もう会ってはならない。だって段階的に次は……。

二人ぐらいは浮気をしてもかまわないとは、リツの言い草だ。アイツとは話が展開しない。アイツの粗暴なそっけなさ。そうなのだ、アイツのそっけなさは暴力的でさえある。会えばしょっちゅう傷つけられる。ボクたちは水と油なのだ。最初からわかっていた気がする。

八月五日
『オール読物』九月号、気まぐれに購入。夫婦共著（石井竜生・井原まなみ）のミステリ小説「アルハンブラの想い出」の最後の部分に、少年（脳性小児麻痺）の手紙があった。

さつきょくか　さつじんじけんについて、せとさんのありばいは、せいりつしません。あのひ、ぎたあをひいたのは、まったくちがうひとです。もちろん、ろくおんでもありません。よくしらべてみてください。ぼくたち　しんしょうしやが、しやかいのいちいんとして　いきることを、すべてのひとに、みとめさせるためには、まず、いきつづけるけんりから　しゅちようしていかねばならないのです。だから　ぼくには、ひとつのれいがいもなく、さつじんをひていし、こくはつするぎむがあります。しんであたりまえとか、ほんにんのためとかいう、かんがえは、たまたまつよいたちばにいるものの　おごりでしかありません。にんげんは、だれひとり、ほかのひとのいのちを　おわらせるけんりなど　もつていません。どんなりゆうがあろうとも……たとえ　おやであつても！

たどたどしい語りの物語、なぜか胸が痛む。誰もヒトを傷つける権利はないのだ。付き合っている女にだって同じだ。リツを不幸にする権利などボクにはない……。

八月某日の夜

三週間ぶりにリツと会う。疎遠の原因はリツの提案だ。離別の提案、リツの言葉が僕の胸に淀んでいる。生理三日目と言ったが強引に抱く。夜も抱く。翌日の朝も抱く……寝不足が祟って（暑くて眠れなかった）疲れがひどい。卓球の練習をすると言って大学に出かけていく。車で学校前まで送る。次に来る日を約束させて帰してやった。

なんだか、こういう関係が定着してきた感がある。男女が長く付き合うとこういう感じになるのであろうか？　兄妹のような感じ（兄妹で肉体関係があってはいけないが）で、一緒にいてもいいし、そうでなくてもいいような。

セックスは食事みたいなものになって、日々の当たり前の習慣、僕たちは美味しい食事に慣れてきた。ただし、相手の姿を見失うと、ボクは、目の色変えて探し回ることになる。もし突然、誰かに引き裂かれたら、ボクは何をするかわからない……ストーカーの気持ちがよくわかる。いや、多分……ボクはもうストーカーなのだ……。

彼女は十二月で二十六。女は二十五歳を超すと結婚が難しくなると言われているそうだ。リツの日記からの情報？　この状態ではリツの将来は不安定だ。元凶は僕である。最近はどんな気持ちでいるのであろうか。

以前「婚約でもして」という手紙を寄こした。

「……でも」

デモとはなんという言い草だ。アタマにくる。尊敬していない男に出す手紙だから「――でも」なのだ。結婚などどうでもよさそうな雰囲気。僕は結婚のフン切りなどできそうにない。リツの態度は冷たすぎる。前回の手紙？　いや、日記だったかも。「別れるなら別れてもいい、自分には仕事もあるし、卓球もある」などと書いていた。まるで脅迫ではないか。

冷静になって考えてみると、妹が言うように、彼女とは性格的に合わないのだ。気持ちが通じない。僕の心を冷ましてしまった原因はリツの態度にある。一方的に僕はそう決めつけている。

一緒にいれば、しょっちゅう頭にくる。話を深めることなどできない。日記を読んでも同様だ。討論など皆無、少し深みに入ってくると黙りこんでしまう。リツとは討論が全くできないのだ。

こういうのを価値観が違うと言うのであろう。考える基準が全く異なる。とにかく非常に現実的な考え方しかしない。

半面、ボクは夢見る乙女のようだ。淡い空想が多い。頭の中で物語が交差して、空想とリアルとの境界があやふやになることがある。

現実的なことしか言わないリツ。話は続かない。夫婦は、あまり話をしなくなるものらしい。それにしても一緒になったとして、たわいない日々の話ができないこんな状態では寂しすぎる。会話をしない夫婦がいるだろうか？

他に女を作らないことには僕は自分がもちそうにない。「話し相手に女を作ってもいいか？」と尋ねると、

「一人か二人ならいいわよ」

という言葉が返ってきた。本当にそう思っているのであろうか？　本気ならボクはいやだ。愛情があればそんなことはできないはずである。「では君はどうなの？」と尋ねたら、

「相手がいやだと言ったら、浮気はしないわよ」

一歩進めて考えると、その考え方には落とし穴がある。リツはそれに気づかないのであろうか？　つまり、僕がリツ以外の女性と結婚する。そして愛人としてリツを抱くのだ。そんな考え方さえ許されるではないか。そうしないまでも、自分が軽く扱われる恐れがあることに気づかないのであろうか。

男の側からは都合の良い考え方だ。彼女がそんなことを認めるのであれば、今のボクの優柔不断な態度が許されることになる。結婚しない愛人の一人としての女。そう扱われてもリツは文句が言えまい。そういう扱いをできるかどうかは別として、時々、単なる情婦としてリツを扱ってやろうとさえ思ってしまう。もっとも、ボクには断行する度胸などないけれど……。

Jの場合、肉体関係は持たずに――いや、持たせないというJの強い意志があった。将来の伴侶に操を守ったのだ。尊敬すべき女性である。彼女の律義さを尊重し、僕の良心に従って別れた。彼女の一途な恋慕が不憫……。

氷の女、リツ。君には試練を与えてもいいような気にさえなってくる。

【考察】（A）愛人コース

一、今のまま、時々逢って肉欲を満たす。時間さえあれば彼女の居場所はわかっているし、部屋の鍵も確保している。

二、ボクの強引さは、彼女をして動かす、支配するパワーがあること。

三、リツは、一見気が強そうに見える。実際強いが……開き直った時のボクの強さには――。

四、肉体的にものすごく開花されてきたこと。どこまで深化するのか？　怖いほどである。

五、ボク同様、俗っぽいこと（？）に興味を示すこと。

六、ボクとの行為で、かなり……いや、ものすごく肉体的に満足していること。

七、子供を欲しがらないこと。

八、利己主義であること。

九、仕事を持ち、趣味があること。

十、約束を守ること。
十一、家庭に縛られるのが嫌いなこと。
十二、遊び好きであること。
十三、愛情のないこと（ボクに対して少しも感じられない）。
十四、たびたび、彼女を傷つけてきたこと。ストレス耐性がある。
十五、愛情の大切さをわかっていないこと。

【考察】（B）良心の呵責コース
一、約束を守ること。
二、仕事に熱意を持っていること。
三、父親を大切にしていること。ここ泣ける。
四、父親がリツを頼りにしているらしいこと。本人もその責任を感じているらしいこと。
　ここも泣ける。
五、僕に対して、ある程度（？）従順であること。
　幸も不幸もボク次第？　ボクの責任が――。

【AとBとの比較考察】

この考察が、一人の女の将来、リツの一生を左右するのだ。結論が出るのが怖い。

A 愛人としてこのままリツを束縛して離さない。彼女は結婚できない。このままズルズル。でも、結婚もせず手放しもせずのコースでは、二人とも不幸になってしまう。なんと、ボクも結婚できないではないか。リツと結婚したら、リツとは一緒にはいられる。ボクが他の女と結婚したらどうなる。たちまち、リツは怒って逃げてしまう。情婦として留まってくれるわけがない。

B 別れてあげる。まず、スッキリしたと喜ぶであろう。リツの奴、大喜びするかもしれない。美人で通っているようだから、結婚話はすぐ来るに違いない。子供を二人くらい産んで、幸せな家庭を築くであろう。ただしこのコースには、哀しいかな――ボクはいないのだ。

以前、自分の子供は絶対欲しくないと思った時代があった。人間とは苦しむために生まれてくるものだと思った。苦しむため、苦しむことがわかっていて、子供を作るのは罪である。人間が多すぎて困る現代、子供は少ない方がいい。ボクたちは、人間が多すぎる人間豊穣の世代。自分は不要な人間ではないかと悩んだ。

結婚しないで一生過ごす人も多いが、必ずしも不幸とは言いきれない。ボクの人生途上で表面的に関わるだけの女として、リツを位置づけしたらどうなるのか……？　必ずしも彼女が不幸になるとは限らない。幸福になると保証もないが。一般的にも、結婚したからと言って幸せになれるとは限らないではないか……だとしたら、一見冒涜に思えるボクの野心的な企み、あるいは黙認されてしかるべき思念ではあるまいか？
　いや、いや、だめだ。人間でなくなってしまう、現実を受け入れず、抵抗するボクはエゴイストに成り下がってしまった。女を不幸にする権利などボクにはない。ボクは結婚して子供を持ちたい。家庭も持ちたい。女のリツはどうであろうか？　いずれ欲しがるであろう。きっと同じだ、誰だって幸福になりたいのだ。ボクを愛してくれさえすればボクと、だが彼女にボクへの愛情を望むのは無理なこと……ボクは……どこかで、「憎」を培養している……結論はすでに明白……。

八月某日（土）
今ＡＭ七時三十分、先ほどリツを駅まで送った。Ｆ県である卓球大会に出場するそうだ。
昨夜、抱いた。今朝も合体して、離れたがらないボクの身体。六時五十一分の新幹線にギリギリ間に合った。リツは抱かれるのが好きではないと言う。一人よがりのセックス――まてよ、これは少し前の言葉、最近のリツの反応は……。
「卓球頑張りな、試合中に居眠りするなよ」別れ際、そうリツに言ってやった。

ボクは一眠りしたい……。

アパート近くの喫茶ＪＡＳＭＩＮのママが出かけるボクたちを見ていた。

八月某日
結婚するかしないのか、ハッキリしてほしいと言われた。二十五歳、早くはっきりしてくれないと困るとも言われた。

アパートへ電話したが留守。今夜はどこかに外泊であろう。三日間卓球部の合宿があるそうだ。試合に参加すると言っていた。

九時に、十時に、電話をかけたが出ない。学校か、友人か、それとも……。彼女がどこに泊まろうと、今のボクは何も言える立場ではない。しかし……先ほど再度電話してみたがやはり出ない。

愛情の確信のないボク、だが気持ちは彼女を追い求めて苦しい。苦しむ必要はないはずなのに。とにかく、彼女が言うように、お互いのためにハッキリさせなければならない。ボクはリツと結婚したいのか？　したくないのか？　それとも……、できないのか？　手放したくないことだけがハッキリしている。

八月某日

十三日は日直だったので九時前から登校する。本日補習を受ける生徒がすでに教室に来ていた。この生徒はネフローゼ症候群で三か月間も休学していたことで勉強が遅れているのだ。

その生徒の学習を見ながら教員室にいると、昼前にリツから電話。昨日ボクが電話の約束を破ったので、確認の電話であった。学校に出ているそうで組合会議があるらしい。三時過ぎに再度電話をくれる。会議で何時に帰れるかどうかわからないとのこと。四時にはわかるので、もう一度電話を寄こすとのこと。約束事にだけは律義なリツだ。四時の電話で、F市に行く約束をする。

夕方六時前にH市を出て、九時ごろやっと到着。リツは湯上がり。額の濡れた髪が色っぽい。座ろうとすると、すぐ風呂に入れとリツ。三時間も休まずに運転して来たんだぞ、ボクは疲れているんだー、座って一休みしたいではないか。

ぐずぐずしていたら、早くと催促する。休ませてくれない。入浴を済ませて出てくると、こざっぱりした絞りの半袖シャツにミニスカート、美味しそうに脂ののった生足、糊のきいたシーツに薄水色の肌掛け、すでに舞台は整っている。

この色っぽい舞台、リツを寝かせて写真に残したい……もしも、別れた時には、その写真でリツを忍んでボクは泣くのだ。少し雑談、抱き寄せようとすると、自分から、だるそうな仕草で肌掛け布団に横たわる。

「疲れてるの？」

と尋ねると、そうではないとの返事。昨日の彼女の行動を問うと、面倒くさそうにしてハッキリ言わない。再度促すと、こういう日常的な意味のない会話は面倒だと言う。日々のどうでもいい話は時間の無駄だし、自分は話せないと言う。

そして、言ったのが、

「別れましょう」

胸を貫くナイフの痛み。ギクッとさせられる、が……、ボクはもう聞き慣れてしまった。この一言のために、リツは入浴を急かしたのであろうか？　言葉とは裏腹、どういうことであろうか？　別人のように。あの時を境に、リツのカラダは変わってしまった。リツ、気持ちは別れたいのに、身体は抱かれたい？　ボクにしてもそうだ。別れた方がよいことはわかっている……が。

確かに、彼女が言うようにボクたちは別れた方が、互いのために良いのであろう。彼女は二十五歳、十二月には二十六歳になる。男で言えば三十過ぎの心境であろう。近年は婚期が上がってきてはいるが、二十五を越えると好条件な見合い話が少なくなる。男のボクとは五、六年ぐらいのズレがあるだろう。ボクはあと六、七年のうちに相手を見つければいい、彼女は待ったなしの年齢か。

可哀想なリツ、だけど、ボクを愛してくれることはできないか？　知り合って一年半。

新婚夫婦のような日々、彼女のアパートでほとんどの夜を過ごし、毎夜リツを抱く。こういうのが「同棲時代」というのであろうか？　普通なら愛情が湧いてくるはずではないか。けれども、ボクがいようがいまいが関係ないかのように、彼女は淡々と日常を送る。ボクとの距離は一向に縮まらない。ボクは単なる同居人ではないか。異性との共同生活？

「♪ふたりはいつも　傷つけあって　くらした」

僕たちの今の生活……。あの歌のカップルには別れが待っているのだ。同居人同棲はイヤダ。激しくなくていい、ごく普通でいい、たわいない日々の会話があればいい。花を愛で、買物を楽しみ、娯楽番組を笑って見る平凡な生活でいいのだ。

ボクは無理なことを望んでいるのであろうか？　愛が欲しい、話のできる相手が欲しい。ボクを理解してくれ。弱さをそのまま認め、補い、励まし合える女性が欲しい。

リツと戦ってきた、そんな気さえする。どう考えても、ボクの相手はリツではないようである……。ボクは弱い人間、現在の仕事に自信がない、無理をしている。では他に何の仕事があるだろうか？　今のボクにはわからない。別な仕事、無意識に仕事を探している自分がいる。いずれ投げ出してしまうかもしれない。

ボクにできる仕事？　安定した収入も必要である。給料面では恵まれた今の仕事、できれば続けたい。しかし仕事には自信が持てない。どちらかと言えば、嫌いな仕事でさえある。ボクは、仕事の不安からリッという女を、抱きとめることができないのだ。ところで、その夜はどうだったか？　ボクはかなり乱暴になった。そして、アイツを激しく攻めたてたのだった。それに対してリツは、全身で僕を包み、腰を微妙にくねらせ、緩やかに突き上げ、深奥の部分でボクを締めつけ、切なげな声をもらし、上り詰めて痙攣し……リツの身体は最高の女体に変身してしまった。最近の官能的すぎるリツの反応。もし別れたとしたら、リツ以上の魅惑ボディに二度と巡り合うことは絶対にない。ボクは、リツの痺れる肉体と別れたくない……。しかし、リツと結婚したら、ボクは早死にしてしまうであろう――。

翌日二人の遅い食事、ハムエッグが美味しい。なぜか満ち足りた気分、珈琲も美味しかった。

八月某日晴れ（葉月・月見月）

昨日は給料日なので出勤。リツの友達のH嬢と作業をした。ボクのことが嫌いだという女教である。彼女と議論なんかしたことがないのに変だ。話すのは挨拶と必要最低限の伝達ぐらいである。「価値観が違う」と言うのは、何を根拠にしているのであろうか。ボクはHに全然興味がない……。そうか、無関心という価値観の違いか。女を感じないHと教員室で二人仕事をしていた。

そこにリツが突然顔を出し、言葉少なに作業に加わるので驚いた。研究会の宛名調べ、ごく自然に三人で作業が続く。リツを隣にして、冷静に作業できる自分が不思議であった。リツは今は他校の教員である。僕の横で作業を手伝うリツ、リツとボクとの手が交差する。身体が触れそうな距離である。濃密合体の女体、無意識に触りそうなボク。もし、この場で、リツの乳房をつかんだらどうなるか？　Hさんの驚く顔が見てみたいものだ。

作業途中、Sさんが顔を見せた。声がけだけで会話なし。彼女は素敵な女性だ。美貌と知性、その上母性的な包容力を備えている。ボクの理想の女性像を具現化したようなベテランだ。もちろん、既婚者だ。

職員旅行先でのスナップでは、ボクは親しげにSさんの肩を抱き、自殺の名所と言われる絶壁に立ち、海を背景に笑顔で写っている。一見お似合いのカップルだ。白状すると――後年、彼女とセックスをした。吸い付く白いもち肌、豊かな乳房、至福の結合……写真を見つめながらのイメージセックスだが――。そのSさんはすぐに部屋を出られた。遠方なので不確かだが、その時、彼女とボクとの視線が絡み合ったような気がした。

転勤したリツにはそっけない。

二人になった時に、「今夜はどうするの?」と尋ねるがハッキリした返事をしてくれない。ボクを無視する冷たい横顔、カチンとくる。

思いがけなく会えたリツが恋しくなって、アパートで彼女へ手紙を書いていた。すると、当の本人がやって来る。別れようとしているのに、部屋に来てくれるとボクは無条件で嬉しい。

「少し休んでいくの……」と言って、リツは部屋に入ってきた。この後大学に卓球練習に行くそうだ。ボクの部屋に来て休めると思うの？　昨夜は、リツの裸で二回もマスをかいてしまった。不安を感じたが、リツの魅力はすごい。揉まれ悶えるしなやかな女体、その身体を求めて止まない男の肉体。愛しいリツ。これが今から別れる男女であろうか。

メロメロに抱かれた後で卓球練習大丈夫？　三時過ぎに車で送ってあげる。夜七時半の繁華街で待ち合わせ。喉が渇いたと言うので馴染みのグランドバーに入る。

コークハイを四杯、四千五百円、高い。ホステスは歓迎してくれるが、貴重なお金、馬鹿らしい。ホステスが名前を覚えていてくれていたので気をよくして出た。ま、こんなものかと思う。なんと単純なことか。

次はお茶漬け屋で二千円、また出費。友人のN氏は、一日二千円までと決めているとか。自分の乱費が腹立たしい。が、リツと一緒だったので我慢しよう。

帰って、就寝前に彼女を抱く。今日は二回目。またもや、今までにない最高の感じ。リツの身体は、いったいどうなってしまったのであろうか、ボクは不安になってしまう。終わった後の魚のような痙攣。リツをこんなにも感じさせることの満足感、僕たちのこの一体感・共鳴感はどうだ。これ以上は考えられない。二人で奏でる喜悦の深淵、至極の快楽。二人とも痺れ、そして力尽き……心中の男女は、こんな感じなのではあるまいか。死を前にした最期の抱擁……抱き合うリツと僕。鋭い槍、二枚重ねで貫かれるのだ、絶頂の頂で——リツとボク、二人は絶命するのだ。いっそのこと、そんなふうに殺してくれ。そしたら悩みも迷いも綺麗さっぱり消える。
そんな最期も幸せかもしれない……ボクは孤独——まどろみの中で、リツの日記の一節が浮かんでくる。

「私、お風呂に行くわ」
曲がり角までいっしょに歩く。
「じゃあ」

リツ、リツ……。

ロスト・ラブ　——青春日記1　了

引きこもりの季節

——青春日記2

「無題」

なんでこんなに淋しいのか
なんでこんなに虚しいのか
時間が誰かを忘れ去り
ボクをとり残して
勝手に過ぎていく
なんとかそれにすがろうと
だるい足を運ばせて
無理矢理運ばせて
後を追ってはみるのだが
追えば追うほど
絶望の距離に遠ざかる
すっかり見失ってしまいそうな
無重力のスパイラル
昨日は、すっかり遠くに去り
今日も、明日もまた

傍を通り過ぎてゆく
……眠い
倦怠と絶望
黒蛇が長々と横たわり
正体不明の邪気
疲れてしまった私には
よけることも　飛び越えることもできない
茫然自失の自分の影の一隅が
黒い怪物の影に重なっている

*

「孤独と孤立」

人はみんな孤独だなんて信じられない
孤独で淋しいはずの人間が
孤独とは無縁の楽しい生活をしている

笑って歌ってこそいないが
日々の生活を
苦しいと言いながら
それでいて　一歩も立ち止まらない
見ようによっては
その一瞬でさえ
孤独でも何でもない平凡な瞬間
孤独な人は死なない
だが　さざめきの中にあって
孤立した人は
真の孤独を知る
孤立した孤独は
崩壊しか残されていない
孤立に手を差し伸べる者はいない
私は孤立した人間だ
R子は言う、以前から嫌いだったのよ
N子は言う、できたら死んで

孤立した消えそうな灯火に
水をかける者がいる
やはり、私の直感は間違っていなかった
人が万物の……
優しい存在などとは考えなかった
人の皮も獣の皮と変わりはしない
ただ一つ、私の幸運は
最後の最後に知るのではなく
若くして、
その正体、解消手段を知ったことに
一点の救いがある
孤立は、自らが解消するしかない

十月某日
今日は午後三時まで床の中、時を忘れた老人のように終日床についているけれど、肉体的には健康な人間のつもり。全てがスローモーで、考えがまとまらない……。
昨晩、井上靖の『氷壁』を手にして、どんな内容だったっけかなと読み始め、途中で既読の本だと気づいたが、惰性で最後まで読んでしまった。学生時代の山登り、懐かしい。

読書に疲れて、眠ったのは夜明け前であった。読書が何かのためになるのだろうか？

無為な日々、僕は廃人になってしまったのであろうか？　対人恐怖症気味で家からほとんど出られない。根気がなくなってしまった。忘れっぽい。

何か書いてみたいという思いだけはある。どうせそれも逃避であろう。才能もないのにこだわり続けるのは、恐らくそうだ。行き詰まった僕の救い。自分は作家、そう思い込んで生きる糧にしているのであろう。瞳が見えない陰険な眼鏡をかけてみようか。対人恐怖が少しでもカバーできれば助かる。

因縁の作家は四十歳前の若さで死んだ。彼は多くの作品を遺した。苦悩の真っただ中であっても、毎日机の前に座ったという。書けても書けなくても時間を決めて、机の前に座って書こうとしたのである。なんと真剣で真面目な姿勢であろう。

僕にはそんな根性などない。苦悩のさなかにいくつもの作品を書き残すなんて、そんな芸当はボクにはできない。

泥沼の中に、輝くダイヤを創造してみせてくれた。僕は彼みたいになりたい。苦悩の地獄に輝石を創造するのだ。……若い女を道連れに。

一つだけ注文がある。死ぬ時は独りで死んで。僕なら女を道連れになどしない。

頻発する問題を一つ一つ解決し、次のことに取り組むなんて、順当な手続きを踏んでいたら、一生涯何もできやしない。同人会の芥川賞候補になったというK氏が言われた。

「書けば書くほど苦しくなる苦悩の小説を書け」

それがあの自死作家の執筆態度でもあった。書けば書くほど苦悩が増す。血を流しながらも一つの作品に向かう。確かにそれほどの覚悟があれば、何かが生まれるであろう。だが自身は破滅に向かう。生活は乱れ、命は削られてゆく……しかし、その先に、栄光がもたらされるのだ。

残念ながら、こんなふうに格好を付けている僕は、才能のないただの弱い人間でしかない。ボクは自分の存在意義がわからなくなってしまった。

リツには不思議と腹が立たない。ただ、ただ、悲しいだけだ。彼女まで失うなんて思いもしなかった。彼女は今日も教壇に立っていることであろう……生活のために、教育のために。

リツは本をよく読んでいた。とりわけ推理小説が好みだった。彼女は、能力、記憶力とも遥かに僕を凌駕する。年を追うごとに教員らしくなるであろう。

だが、僕同様深みのないところもあったかも？　抜けているだけ？　いやいや、彼女は意外と教職、教育について考えていた。あの日記に書いていたではないか、教育について正面から悩んでいた。

僕が入り口のところで悩んでいたのとは違う。イヤイヤながら教師をしている僕などより、彼女の方がよっぽど教育者と言えよう。教師も生身の人間、難点もある。

今回のことは、退場しなければならない教員が、一人退場しただけの話。ただ、思いもかけない、予想外の出来事が苦しい……リツには彼女なりの人生がある。二十四歳から約二年の交際で、女の盛りを僕が略奪したことになるのか？　だとしたら、リツは先々僕を恨むかもしれない。しかし、僕なりに真剣だった。

彼女は同僚だったM氏を好いているようだが、彼とも結ばれることはあるまい。友人付き合いはあっても、結婚までには至らないであろう。彼女の冷たさが阻むことだろう。先々二人が付き合ったとしてもきっと結ばれやしない。恋のできない性格、日記にも結婚しないだろうと書いている。

結婚するな。幸せになんかなるな。お前は所詮男を愛せない女だ。生活が第一、自己本位のエゴイスト、自分中心にしか物事を考えない女……、ああ、悪口ばかり。

ボクは……君とカップルになりたかった。リツ、日記だけはつけるな。

引きこもりのボク、現在付き合っている女性はいない……多分。リツはすでに別れた女——傷心の僕を置いて、二日も帰ってこなかった。あの日僕たちは別れたのだ。どこに行くとも言わず、出かけたまま帰って来なかったリツ。

ボクが邪魔なのだ、捨てられたのだ、迷惑なのだ……ボクは耐えられなかった。わずかに残ったボクのプライド、踏みつぶされて道にへばりついて穴だらけ。二日目の夕方、リツのことを諦められない僕は、彼女が取り返しにくるだろうと思って、アイツの日記と、渡してくれなかった手紙を握りしめ、部屋を後にした。

あのブラックホールのような闇、あの恐怖、屈辱的な絶望、ボクは二度と味わいたくない。

アイツの部屋の合鍵はまだ返していない……。

アイツの日記、読めば腹立たしくなる。そして、悲しくなる。暇つぶしに、渡してくれなかった手紙を——どうせろくなことは書いていないだろうが——読み返してみよう……。

*

今日は火曜。朝洗濯して——とってもいい天気よ。夏服をひっぱりだして長袖と交換しました。もう十時、もう少ししたら学校に行きます。今日は給料日なので、会議に出てから、もらって帰ります。楽しみだな。ボーナスもあると思うけど、いくらもらえるかしら。今月はもうすっかり使ってしまいました。遊びすぎね。

昨日の夜、手紙書いたけど、まだ机の上にあります。これから出すわね。あんまり出したくないけど、せっかく書いたんだから。迷惑なこと書いたかしら。どうしていいかわからないんです。

昨日は学校に行き、給料をもらい、ボーナスももらいました。生活指導部会に出て、六時半まで。喫煙、無断外泊、不純異性交遊の生徒についての話し合いです。明日の職員会議に出す原案を作るのです。私は遅れていったから、しゃべらずに聞いていました。それから帰ってなんやかや。明日の（もう今日）授業、俳句に入るつもりなので、あれこれ考えてました。結局いまだにどうやっていいかわからないのです。いささかヤケ。詩をいままでやってたけど、あんまりピッチリやらなかったのでこのへんでがんばらなきゃいけないんだけど。

独りで部屋にいると、なんかふっとどこかに電話したくなってしまう。ラジオなんかでテレホン電話相談なんてあるでしょ。今までばかばかしいっていうか、よくあんなに知りもしない人に自分の悩みを言えるもんだって思ってたけど、身近に電話があると、誰でもいいから話を聞いてもらえる人を求めて電話する気持ちもわかるような気がします。

会いたいの。昨日の朝、別れたばっかりなんて信じられません。会うと何も話さなくなるけど……。

結婚にこだわるつもりはないんです。やっぱり夢はあるけど幻想をいだきすぎるような年じゃないし、結婚によってあなたに対しても社会的にも責任みたいなものができてくるし、窮屈になるという気もします。でも、やっぱり安定が欲しいんです。

私は必要以上に人目を気にする方だから、結婚もその約束もしてなくて下宿に訪ねていくのがとてもいやなんです。一度でいいから人目を気にせずいっしょに歩いてみたいです。

でも本当のところ自信ないの。うまくやっていけるかどうか。家のこともその他のことも。

もう二時半になりました。明日があるから、もう寝なくっちゃ。

静かです。遠くでかすかに犬の声や汽車の音がするくらい。

*

手紙からリツの体温を感じるのが、辛い。

*

今日は水曜日、会議が長引いたので今食事をすませてコーヒー飲んでます。何してますか？

私は不安なことばかり。明日は古典をどうしようかなってのと、読書会の進め方のこと。いっぱい考えることあるの。生徒指導のこと、今日の職員会議で話があったけど、男女間の問題って泥沼みたい。今回は乱交に近い形までいっているんです。でも、聞きながら、私もあんまり生徒のこと言えないな、という気がしました。

そんなこともあるから余計貴方に会いたくなります。会って全部心配事を肩代わりしてもらいたくって。おぶさってるんだな、と思います。自分でやらなきゃいけないことも人に頼ってしまう。頭でわかってるけど、現実には正しいと思うことができないでいます。

明晩は会えるわね。いっそすぐ明日の晩が来ればいい。授業とか会議とかなければいい、そして、いつまでも夜が明けなきゃいい。

＊

僕も、古文なんかいやんなっちゃう。二重敬語なんかどうでもいい感じ。俳句も短歌もあまり好きじゃない。月と景色と女、イメージコミックみたいなものさ。その点、漢文は面白い。勝手な想像をすればいいのだ。角ばった漢字の先の広大な大陸と偉人……。

それにしても、ボクだけじゃなく、君も悩んでいたんだね。

ぼくたち、お互いの悩みを話したことがないね。同じような悩みを打ち明け合って、話ができたら元気が出たかもしれないね。問題は、知識の差。ボクがへこむに決まっている

……そうだ、これはボクが避けなければならない話題なのだ。

僕に禁じられたエデンの園、ボクの国語能力は……そうか、ボクは恋人選択を誤ってしまったのだ……。

＊

月曜日は無事帰り着きましたか？　間に合ったことと思います。今日は文化の日、そちらは文化祭ですね。今十一時少し過ぎ。トーストかじってゆで卵作っています。穏やかな祝日。

昨日も二時ごろまでボケッとして過ごしたので、今日こそは買い物に行こうと思っています。別に買物したいわけじゃないけど、家にいるとまた何もせずに終わってしまうから。木曜からは本格的に二学期後期の授業が始まるけど、準備ちっともしていない。

これからの目標なんかさっぱりわかりません。ずっと先生を続ける気にもなれないし、かといって、やめてどうするということがないので、今のところで少しずつでも進歩するようにしたいと思います。もう二十六歳になるので、結婚も考えなければいけません。子供が欲しいのです。ずっと一人で年老いてゆくなんて、さみしくていけません。自分の人生が充実していないから、何かを求めてるのかもしれません。それだったら子供に申し訳ないけど、小さい子を連れてる女の人見ると、とてもうらやましい気持ちになります。今度できたら、もう堕ろしたりしないわ。年からいっても、もう一人くらい子供がいたっていい年齢です。

あと五分で十二時。こんなふうにして一日過ぎてくのね。もったいない気がしていけません。お金より暇が欲しいくせに、その暇を生かすことができないなんて、のんびりしたからといって、それが明日からの活力にはならないのです。怠け癖がついていてかえって苦しくなるくらい。

＊

そんなに、子供が欲しかったの？　ゴメンな、僕が弱いせいだ。仕事を継続する自信がなくて、優柔不断なダメ男になってしまった。

ボクも子供が……。

＊

昨晩はお世話になりました。疲れさせたかしら。

お昼に偶然大学時代の友達に会いました。医学部の事務に入った子で、昼休みに家具を見にきたといいます。家具っていうから聞いてみると、来月結婚するんだって。ちょっと立ち話したけど、私がまだ独りなもんだから、あんまりスムーズに話せないの。一人で生きるって大変だなって思ったわ。今の状態は、まあ自分が望んだことだから特に辛いとは思わないけど、やっぱり幸せとは言いかねるわ。

意志が弱いって思うんでしょう？　全くそうなんだけど、別れることがピンとこないみたいなんです。どうして別れるのか分からないの。今のようにして暮らしていくことってできないのかしら。私は結婚していっしょに暮らしてもいけそうな気がしたの。だけどあなたはちがうのね。考えてみると安易に結婚をしない方がいいのかもしれない。私は何もできないし社会人として責任ある行動がとれないし。もうどうでもよくなったわ。

さようなら。もう貴方の家へは行きません。ですからもう来ないでくださいね。また手紙は書くかもしれません。ご返事下さい。

えっ、別れようと強く主張したのは君だよ！

男の僕がはっきりしなかったからなんだけど——。

＊

＊

まだ水曜日。あと三日もあるのね。

『山椒魚』の読書会は、五時半まで二時間近くやりました。生徒は三十人と少々で、今までと比べると半減ね。二グループでやったんですけど、結構生徒はよく読んでるわ。私よりうまく話すし、いろいろ参考になりました。ちょっと問題点の整理が悪かったので、堅苦しくなったけど。終わった時は本当に嬉しかった。いろいろとむずかしいことがあったのです。生徒も指導者が私で困惑したろうけど。

教師ってしんどいな、と思う。でも何の職業でも同じかもしれない。いいな、と思うことは、他の職業にくらべて夏休みとか冬休みの期間がながいでしょ、それとクラブとか行事とかで割といろんな経験ができるし、いやいやながらでも勉強できるし、授業っていう自己表現の場を、与えられてるし、いろんな人間とつきあえるし、それに他の職よりも人間関係がうまくいく、と思うの。

今は学校にいるから同和教育なんか当然だと思っているけど、もし教師にならなかったら私、自分が差別してるってことも気がつかないと思う。英雄崇拝するところがあるし。一つの考え方の中にいたら、自分もそれが当然と思ってしまうわね。身分制社会に暮らしてたら、その矛盾なんか気が付かないように。逆に自分と別の考え方の人の欠点ばかりが見えてくるわ。そうならないために、いろんな思考を知る必要があると思うの。

もう十二時を回ってしまった。外は雨。少し蒸し暑いな。さっきまで万葉集の下調べ。やりだすとおもしろいのよね。

隣四軒内では、私が一番早く出て遅く帰ります。付き合いは別にしないけど、隣の物音はよく聞こえます。私は一人だから音がしないだろうけど、電話とか、人が来た時なんかは聞こえているわね。もっとももむこうは一人で静かにしてるんじゃないから、聞こえないかもしれない。人が来た時っていっても、まだあなた以外の人はここに来たことないし、知りもしません。

今週はこちらに来るのですか？　運転して来るのは大変ね。でもたった一日じゃ何にもできない。何をすればいいのかな。T海岸でも見に行こうか、それとも……。

二人でなきゃできないことってないかな。

＊

同じような悩みを持っていたんだね。読書会、真面目にすれば難しいけど。個々人の意見、「そんな考えもできるな〜」と、聞き流せば、楽しいよ。教師をしていて、うまくできた授業の時は、人にいい影響を与えるすごい仕事だと思うけど、噛み合わない時には、落ち込んでしまう。大勢の時間が無駄に消費されるからね。僕は後者が多いよ。教員辞めたい、といつも思っていたよ。

「コロシのライセンスを持つ男、００７」ならぬ、「合鍵を持ち、宿泊と交接の許可証を持つ男」……だったボク、まだ合鍵、返してない。

＊

電話ありがとう。眠ってたの。せっかくかけてきてくれたのに、何も話さなくってごめんね。とっさに言うことがわからないの。

お風呂に入ってきた。いいお湯。今から髪乾かさなきゃ。寝るの二時になっちゃうな。

土曜は実家に帰ろうと思ってたんだけど、婦人部の総会があって、女性が少ないから抜けづらいの。五時の汽車で帰れば帰れるけど、九時になるし、何しに帰るのかわからないことになっちゃう。どうしようかなあ。

会いたいの。今度の土曜はH市に行こうかしら。毎週じゃあ迷惑？

＊

僕に会いたいと思っていてくれたんだ。嬉しい。僕は毎日でも君に会いたいよ、そして、毎夜、いや、いつでも、ショッチュウ、ズーッと、君と繋がったままでいたい……。

＊

まだ明るいけどそろそろ七時です。試験も二日目。組合関係で少し会議があるけど至って暇です。今日は夜、問題作る予定です。

この間はお邪魔しました。私、いけなかったかしら。何だかもどかしいのね、私たちって。でも墓地に行った時は楽しかったわ。見晴らしもよかったし、人も少ないし、のびのびできた感じ。人目を気にせずに歩いてみたかったの。これまで気にせずにいられたことなかったから。私のからだの調子が悪い時に行ってごめんなさい。会いたかったから。生理なんて本当に面倒だと思うけど、始まった時はホッとしたんです。気をつけてくれてたから、多分そんなことないと思ってたけど、万が一ってこともあるし、とても心配だったから。もしまたそんなことになったら……。

下宿に帰る時やっぱり雨でした。少しだったから平気へいき。帰って『青春の門』を読んだわ。昨日までで三部まで読み終えました。やっぱり最初の方がドラマチックでおもしろかった。いろいろ考えさせられました。私の青春ってどんなのかしら。

墓地でのデートが楽しかったの？　ボクたち、なんて寂しい関係なんだろう。ごめんなリッ。ボクは謝ってばかりだ。面と向かって気持ちを言ってくれないから、ワカンナイよ！

「私の青春ってどんなのかしら」だって？

「今が青春」じゃん。ボク達の青い時代……。

＊

昨日はごめんなさい。来てくれたのね。遅くまで帰らなかったからいらいらしたでしょう。私、実家に帰らなかったの。帰ると何やかや聞かれるし、怒られるもの。それでH市に、話しに行ったんです。土曜の二時ごろ学校に電話したけどもう帰ったって言われたから連絡できなかったの。七時半ごろ貴方の下宿に着いたけど、不在だったので、夜九時過ぎまで喫茶店にいて、仕方ないから映画を見に行きました。人が多いから心強かったけど、一人なのでさみしかったです。夜中で一人になるのに、スリラー映画なんて見て大丈夫かしらと思ったわ。映画が終わってから、また貴方の下宿まで行きました。そしたらまだいないので諦めて、また映画見に行きました。オールナイトで見たのは初めてだし、あんな映画も初めて。やくざ映画と、江戸時代の刑罰の話だった。朝七時ごろまた下宿まで行ってみたけど、やっぱり貴方はいないので、Hさんに電話して、九時過ぎにHさんの所へ行きました。眠いのこらえてLさん呼んで三人で食事をして、話をしました。話すのにいろいろ言えないことが多いから話しづらいです。の夕方また下宿に行ったけどやっぱりいなかった。しばらく待ったけれど、最終の新幹線で帰りました。

帰りは夢うつつ。十一時半ころ家に着くと、部屋の電灯がついてる、中に入ると……アレッ、ガーン。来てくれていたのね。部屋、汚くしててごめんね。それから貝と椎茸ありがとう。ともかくやっとこさで、眠り……ました。朝もオツカレサマ、あなた、わたし……。

今日もまだ眠かった。今も眠いよう。

土曜日は八時まで自動車学校の講義があるので、八時半ごろ来て下さい。十、十一日は休みです。二日あるから洗濯物あったら持ってきてくれれば、帰るまでに乾くわよ。日曜日天気が良かったら倉敷に行きませんか。まだ行ったことないんだもの。

明日からまた四日間か。現国の方は今度「木馬の歴史」に入ります。これから明日の準備。いやだなあ。木曜は午前中ストの予定です。授業なくなればいいのに。

じゃあ、そちらも忙しいでしょうが、がんばって下さい。この手紙着いたら電話ちょうだい。土曜日はきっと来てね。

＊

Ａ川で拾ったシジミ貝。ズボンの裾をまくって、素足で川に入ったんだ。冷たくて気持ちが良かった。広い河原、青空には白鳥が飛んでいた――僕は君の帰りを待っていた……。リツはどうして、この手紙を投函してくれなかったの？　もっとも、何も変わりはしなかったかもしれないし、ボクの苦悩は増しただろうけど。

最近かなり本を読んでいる。内容をすぐに忘れてしまうのが僕の欠点。誰かの言葉を借りて言うと、「たとえ忘れてしまおうとも自分の内に何かを蓄えている」と思いたい。最近読んだ作品で印象に残ったのは次の通り。◎、○、△で自分なりの評価をしている。

◎秋元幸久『わが青春のさすらい』――彼の作品は以前にも読んだ。『二十歳、はてしなき青春』は迫力があった。青春のロマンか、現実逃避か。ヨーロッパ行きの旅行記風な作品。彼と僕は同い年。大学入試に失敗した彼は日本脱出を試み、己の弱さを振り返り、自己変革の旅を試みる。僕はもっとコセコセしているが、性格が似ていると思う。彼はかなり自己変革に成功している。本を二冊出し、青春の情熱を燃焼させる場を確保した。しかし、今からが勝負であろう。

◎三好京三『子育てごっこ』――直木賞受賞作である。東北の一教員である作者の体験談。同じような作品を二回書いて、二回目の作品で賞を受けている。一作目は、モデルが全て実名だ。単行本に二つの作品が掲載されている。比較してみると面白い。

一作目の『親もどき』は、主人公の個性表現が弱い。内容の面白さはあるが、たまたま経験したことが面白味を持っていたのであり、ちょっとした文才があれば誰でも書けるレベルだ。

しかし、二作目では深めた個性表現に彼独自な味を加えている。少しばかり抽象的になってはいるが、深めた作者の人生観を注入することによってより効果的な表現になっている。

僕の書いている小説は、彼の一作目のレベルだ。思想が盛り込まれていない。描写中心で人生観が隠れてしまっている。個性や人生観をもっと強烈に出さなければ、人の心を引き付ける作品には程遠い。

文章を書きながら、見識の狭さをつくづく思い知らされる。もっと新鮮な感受性、広い知識、勉強が必要だ。僕は記憶力に弱点あり。リツの記憶力が羨ましい。せめて彼女くらいの記憶力があったら、僕はひとかどの作家になっていたであろう。身体滅びて名を残す、多くの人が望むそのことを簡単に成し遂げていたに違いない。もっとも名を残せばいいというものでもないけれど。

◎野坂昭如『エロトピア』――彼の受賞作『火垂るの墓』は良かった。哀しく感動的な作品である。最近はどうして変な作品が多いのであろうか？　生活のため？　確かに彼は何を書いても売れそうだ。金を儲けているることであろう。女子大などで講演などもよく行っている。青年層や一般大衆共につながっていたいのであろう。確かにそれは意義があることだ。

しかし、死して名を残す、ではないが『火垂るの墓』のような人間の原点、材料がなくなってきたとしても、美の追究を忘れてほしくない。

哀しさ、苦しさ、脆さ、強さ、人間美の追究、理想の追求。隣人、人間愛を基底とした美、そんな愛をバックボーンにした「美」の追求こそが文学だと僕は思う。

◎ヘルマン・ヘッセ『春の嵐』――ヘッセは素晴らしい作家だ。音楽のことをよく知っていないと書けない作品だ。やはり、あらゆることに興味を持ち、鋭敏な感受性、想像力、創造力がなくては飛び抜けられない。

◎小山内美江子『加奈子』上下巻――これはテレビドラマで観たような気がする。深みには乏しいが息をつかせない文章は見習うべき魅力がある。加えて美的な小説である。

◎立原正秋『夢は枯野を』――庭造りの職人と人妻。男の真心を込めた庭作り、その庭が人妻を引き寄せる。しかしまあ、立原はよくも「庭」のことを研究したものだ。作家は勉強をしなければならない。そうでないと、こんな作品は書けない。だが、残念なのは、技巧に走りすぎている。確かに美しい作品ではあるが外観的で表面的、深みに欠ける、苦悩の末のギリギリのところですくい上げる美が欲しい。谷崎潤一郎の美、彼に共通する要素がある。それにしても、この作者は優秀な庭師になれそうである。

◎A・J・クローニン『スペインの庭師』――クローニンの作品は以前にも読んだ。彼は秀才だ。頭が良い。そして愛もある。愛情あふれる作品を書けば、その愛に感動させられ、悲しい物語を書けば涙を誘う。細やかな神経の持ち主である。この作品は、美しくて、かつ悲しい物語。感動し考えさせられ、ビューティな作品ではあるが、しかし、チョッピリ残念。技巧が目立つとせっかくの作品の値が下がる。でもまあ、クローニンはさすがである。

◎アラン・シリトー『屑屋の娘』――貧しい労働者で小学校しか出ていない作者。シリトー君、君は小説を書かなかったら一生不幸のままだったろうね。君が普通の教育を受けていたなら、もっともっと素晴らしい作品を残せたかもしれないね。「怒れる作家」というあだ名があるそうだが、逆に恵まれた生活をしていたら、君は小説を書かなかったかもしれないね。失礼。

◎作者不詳『我が秘密の生涯』――少々、いや、かなりHな本。ポルノ小説と言っても過言でない。しかし、二回読んだが、実に味がある。性（セックス）ばかりを扱っている。幼年期の性的な思い出をはじめ、性に関わりながら、何かしら「生」の本質までをも考えさせ、奥深い。作者は実際にあったことしか書いていないと言っている。案外本当かもしれない。作者は女という対象を通して、素晴らしい生を生きている。処女のシャーロット、童貞の主人公、なんと素敵な青春であろうか。飽きることのないファック、そして、ファック。人間は元々性的な存在である。三大欲求、食べること、寝ること、そしてセックス。それら全てが満たされることはひとまず幸福な状態と言えよう。しかもそれらが限りなく与えられているのだ。享受する本人がそれで満足するなら、それはそれで純粋な生き方ではある。しかし、人間はなかなか満足しない。欲が深すぎるのであろう。

素直になって自分の過去を振り返ってみると、「性」に囚われてきた。時として「我が秘密の生涯」を地で行くほどである。だけどそんな自分を恥じてなんかいない。「性的な「生」を謳歌し、歓喜の中で生きてきた。そんな「ひたむきな自分」が愛おしい。まともな性教育なんてなかったし、どうしてよいか迷って成人、そして何度も脱線してきた。適正な教育を僕が受けてきたなら、違った人生になったかもしれない。「性欲」は難敵だ、押さえ込もうとすればするほど暴れてしまう。

奔放な性は抑制しなければ犠牲者が発生する。ボクの性も抑制すべき対象だったろうか？　いいや、そうではないぞ、違う。愛したい女性を愛し、愛されたい女性も愛した。嘘や遊びではない、恥じることなどありはしない。ただ責任能力が不足しただけなのだ。

ボクはリツを好きだった……愛して……？　君の肉体は……魅力的すぎる、甘美すぎる。

今日は長々と日記を書いた。十一時だからもう三時間もたってしまった。この日記帳も残り少ない。余白がなくなっても、ボクは新たに購入して日記を書くであろうか？

この日記は、僕の人生で、最も振幅の激しかった時間の記録になると思う。日記帳のページが終わるころ、僕の青春も幕を引くであろう。良くも悪くも、この日記の時間を懸命に僕は生きた。

十月十一日

朝方、僕は夢を見た。リアルな夢もすぐに忘れてしまうから、忘れないうちに記録しておきたい。ノスタルジックな甘い夢……。

その女は、そこに在った。存在した。どうしてそこに在るのかはわからなかった。ただ理由を想像することはできる。僕は予知した。この女は送られてきたのだ。手紙のように、小包のように。だけど確信は持てなかった。

とにかく女はそこに在って、実感を伴い僕の部屋に在るのだ。いつもの万年床、その床のそばに女は黙って座り、僕は下着だけで毛布を被って眠っていた。この女は見知らぬ女、この女に欲求していたけれども、毛布から顔を出すのをためらっていた。

女の放つ心地よい香りは毛布の中まで漂ってきた。それはひどく欲望をそそる香りで、なぜかとても懐かしい気がした。

僕は予知していた。毛布から手を伸ばし、その手を引けば、女は素直に抱かれることを——。だけど僕は顔を見なくても、手を触れなくても、抱かなくても、気持ちは平安だ。興奮し、欲求し、抱きたいという本能に駆り立てられていたが、女の存在を感じるだけで満ち足りていた。横たわった女の背に右腕を回して抱いていた。胸の膨らみが薄いシルクの着物を通し、僕の肌に感じられた。頬と頬とをぴったり合わせ、左手で愛撫する。女の背中をなぞりながら臀部の膨らみ、弾力のある尻に僕は腰を強く押しつけている。臀部の肉は女の骨を覆いながら乳房のような柔らかな感触があった。

僕の男は怒張し、今にも堰を切る寸前にまで達していた。けれどもクライマックスのそれではなく、その前に滲み出る甘い蜜が性器全体を濡らしている。じくじくと滲み出す愛液は止めどなく……。

続きは長くなるので、原稿用紙に書いた。実に十枚。

夢とは不思議なものだ。僕の心中を変形した形で暗示し、ほとんどは時間と共に消え去るが、実感というか——温もりを伴う残像、甘美な姿態が——何日も纏い付くのがもの悲しい。最近では、女が甘いベールの「羽衣」に化身して僕を包んでくれる……。何度も夢に現れる竜宮城のボクの乙姫が恋しい……。

昨日、教え子から一通の手紙が届いた。

引きこもりの季節　——青春日記2　了

再生の湿原

——青春日記3

昨日、教え子から一通の手紙が届いた。

＊

先生、突然お手紙をお送りしてまことにすみません。どうしても、お会いして聞いていただきたいことがあるのです。

先生しか相談にのっていただける方はおられないのです。ご多忙のことは重々わかっておりますが、どうかお願い致します。先生のご都合のよろしい時、すみませんが、お電話を下さりたく、お願いします。十三日の、午後八時ごろお願いします。勝手なことばかりですみませんが、一刻を争います。どうしても「十四日」までにご返事願います。

お願いです　私を助けてください先生

十月〇日　　乱筆乱文をお許し下さいませ

＊

N・サヨ、彼女は僕を慕ってくれていた。そして、可愛らしい生徒であった。優しさにあふれていた。野球の親善試合の時に、A君はケガの後遺症でうまく投げられない。それに同情して目を潤ます可憐なサヨを思い出した。

混乱した文面から、切羽詰まった事情を連想した。助けを求める女生徒を無視するなんて、残酷なことは僕にはできない。電話に出た彼女は、僕の声を聞くと泣き声になって訴えてきた。男子と関係して、赤ちゃんができてしまったらしいと言う。先月の月経がないので、三か月近くになるのではないかと思うとのこと。

恐らく妊娠したのであろう。セーラー服のサヨを思い出す。ボクもかなりショックである。不純異性交遊、妊娠するようなことをするからだ。高校生のくせに、バカ者。相手はどんなクソガキだ。腹立たしい。しかし、彼女を助けてやらなければならない。

急に身近に感じられ始めたサヨ。セーラー服のサヨ、お腹に赤ちゃんがいるなんて想像できない。

十月某日　ＡＭ一時

机の片づけをしていたら、印象に残った言葉を書き留めたメモが出てきた。

「愛は何らかの卑劣な妥協を含む」

……愛は元々そういうものだ、などと言うのはまだ早いであろうか。生活は大事。人間らしい生活は、やはり、自由になる時間がたっぷりなくては叶わないと思う。

「傷のないところに痛みはない。僕にとって認識するとは、生身を削ることであり、血を流すことであった」

ハッと思った。生身をえぐり、血を浴びて、破滅寸前。僕はほんの少し、自分を認識し始めたのである。

十月某日

十五日にH市に出かけた。朝十時ごろ出発したら一時前にはH駅北口に着いた。約束の時間にはまだ三十分以上ある。路上に車を停め、彼女の姿を探す。なんだか恋人と待ち合わせしているような気分になってくる。くすぐったい気持ちだ。

Rと、この同じ場所で何度となく待ち合わせた。平凡な人生のようで結構様々な出来事が去来する。不安定で未熟な青春、移ろいゆく時の流れ。久しぶりの都会は、人間で溢れている。

月経が九月からないのなら、二か月の終わりか三か月目に入ったところであろう。見知らぬ高校生の仕業、その後始末をなぜ僕がしなければならない。高校生のくせに、妊娠するようなエッチなことをするからだ。迷惑な話だし滑稽な役である。

セーラー服姿のサヨを思い浮かべる。可愛らしいサヨ。僕を頼ってくれた。そのことは無条件に嬉しい。短気を起こし、失業してしまった挫折教師。最近の僕は、引きこもりの病人なのである。仕事を失い、恋人も失ってしまった。失う時には、何もかも一度に失う現実を知った。

打ちのめされたカエル、ボクは部屋に籠って喘いでいる瀕死のカエル。再起不能なダメ人間かもしれない。こんな僕を頼ってくれる女生徒。元生徒が元教師を頼る、ごく普通に起こりうることである。今の彼女には僕しか頼れる人間がいないのだ。羽を痛めた窮鳥、優しくて可愛らしい女の子、どうしても、駆けつけてやらなければならない。そのために僕は、万年床からなんとしても立ち上がらなくてはならない。ボクにもまだ存在価値があるのかも……。

不良少女は、十分遅れで息を切らせながらやって来た。白地スカートにライトブルーのシャツ。襟と袖口が白く、スカートと色が合って、しゃれている。サヨの私服姿を見るのは初めてだ。地味な紺の制服集団の一人が、カラフルな私服姿に……。女学生というのは、皆がみんなこんなに変身するのであろうか？　だとしたら、高校生は全員、もうすっかり大人だ。

上気して興奮のサヨは早口で身振り手振りを交えて語る。笑顔が眩しい。孕ませた相手は高校生。二万なにがしを用意してくれたとのこと。重そうな荷物は古本、足しにするそうである。本をロープで束ねてきたのである。駅までそれを相手に持ってきてもらったという。どこからか僕たちを伺っているかもしれない。

本屋に同伴してやる。十五冊ほどで三千円弱。本好きだと言うサヨ、彼女なりに痛みに堪えているのであろう。街中を私服の生徒と歩かないのは教師の習性だ。もうその必要はないが、先を歩かせる。リズミカルに踊るように歩くセミヒールのサヨは、楽しそうにさえ見える。これが今から子供を堕ろす女子高生か？

僕は先ほどから、妙な気持ちになっていた。お尻を振って前を行く女、初恋の女性と再会したかのような甘ずっぱさ。……ボクってバカだなあ。

サヨが友達から聞いたという病院は小さくて、いかにもみすぼらしい。僕は不安になってきたので、別の病院を探すことにする。近くにこざっぱりした産婦人科医院があった。彼女と話し合ってそこに決めた。重大事が手順良く進行する。これで良いのだろうかと自問。

二年生のU子は妊娠したので、この春先、退学して結婚した。U子はサヨと同じ学年だった。サヨに、「産むことはできないのか」と尋ねると、急に迷い始めた。

「親に相談してみようかしら」と言う。サヨの相手は、高校を卒業したら就職するらしい。結婚の選択肢もあるではないか……。だが、二人ともまだ高校生。全てが早すぎる。

病院の前でいつまでも迷っているわけにはいかない。取りあえず診察してもらうことにして病院に行かせた。病院の見える距離に路上駐車し、そこで待つことにした。

ふと僕はリツのことを思い出した。……そういう自分も……。

近くの喫茶店で待っていると、サヨがまもなく帰ってきた。二か月目の終わりごろだそうである。僕の助言で堕胎を迷ったようだ。母親に相談してみる、彼にも相談すると言う。ダメだ。絶対反対される。恐らく男は堕ろすことしか考えていない……あの時の僕がそうだったように。

欲しくても子供を持てない夫婦もいる。片や子供を処分しようとしている女がいる。人は自分の都合で命を選別する……リツを責めるのはよそう、彼女を責める権利など、僕にありはしない。

次の日、昼前にサヨと待ち合わせる。やはり予想通り、男に反対され、親にも相談しないと言う。僕はもう何も言わない。サヨには高校を卒業してほしいし、進学してゆっくりと将来の準備期間を確保してほしい。一人っ子のサヨなら大学にだって行かせてもらえるはずだ。君は幸せになってくれ。長い人生、まだスタートしたばかりだ。

手術は三時間かかるそうである。もちろん待ってやることにする。書店で時間をつぶし、喫茶店で待った。どうか手術が無事に終わりますように。

やがて、青白い顔をしたサヨが帰ってきた。身体がだるそうだ。

「センセ、あのね」

ここは喫茶店。大きな声を出すので、額を小突いてやった。すると急に僕の肩に寄りかかって泣き始めるのであった。抱いてやると、しゃくり上げて泣きだす。涙が僕のズボンを濡らす。

気丈にしていたが、十七歳の少女、やはりショッキングな出来事なのだ。強く抱きしめてやる。声を殺して泣き続けるサヨ。慰めの言葉もない。君は泣くしかないのだ。泣くがいい。初めて孕んだ赤ちゃんを堕ろしてしまった。君は泣くしかないのだ。ウエイトレスが心配してやって来る。顔を合わせると静かに遠ざかっていった。背中を震わせて嗚咽《おえつ》を漏らすサヨを。そのまま抱き続けてやった。

サラサラと流れ落ちる砂時計、諦めきった哀しみの粒子、あの時の涙、あの時……傷心のリツ、出血しているリツ、両手に抱いて僕は無性に悲しかった……。

大人になろうとしている生身の女体、温かいサヨの身体。僕は何をしているのだ。堕胎の女生徒、髪を撫でている僕は何者？　左手を添え、両腕で抱いてやると、いっそう激しく泣きだす。この娘にとって、僕は頼れる教師、物わかりの良い元教師。時が過ぎれば、ボクたちは赤の他人。生徒の世話をちょっとだけ、それだけのことだ。そのうち僕のことなど忘れてしまうに違いない。

自宅に送ってやる。盆状の街並み、全体を見渡せる展望の良い丘の上に彼女の家はあった。四時半ごろ着く。両親が帰ってくるには少し時間がある。寄っていってとサヨが言うので、居間に上がった。

簡単な料理をするから食べていってと、エプロンをしてキッチンに立つサヨ。後ろ姿が家庭的だ。スマートな足元、踵のバンドエイドは慣れないヒール対策か。スパゲティを食べながら、妙な充足感を抱いた。恋人が作ってくれる美味しい料理、そんな未来が僕にあるのだろうか。

コーヒーを飲んでいると、両親が帰ってきてしまった。初対面の挨拶をすると、父親はすぐに奥に行かれた。母親と話をしていると、いつの間にかサヨも姿を消してしまった。

留守の家に上がり、料理接待を受けている男。必然的に事情説明が必要である。後ろめたい理由など僕にはない。家庭訪問には慣れている。頼まれたので、病院に連れていき、そして手術を受けさせた。今回のなりゆきをかいつまんで説明した。母親はうすうす勘づいていたらしく、飲み込みが早かった。

この日記を書いている時に、うちの父母が派手に喧嘩を始めた。引きこもりの僕のことが原因で始めた喧嘩らしい。親戚の接待に苦労した母が、父の姉妹を悪く言ったものだから、父の怒りが爆発したのだ。祖母が長く寝込んでいて姉妹家族の訪問が多く、母に負担がかかった。もう過去のことであったが、夫婦の間ではよく喧嘩の原因になっていた。父の激しい叱責に耐えられず、離婚すると母が言い出した。五十過ぎて別れて母は生きていけるのか。夫婦とは何だろう、もっと早くに別れていたなら別な人生があったかもしれない。

子はカスガイと言われる。妹と僕の世話で、離別など考えられなかったのであろう。それなのに、無職で引きこもりの息子。僕は、両親に苦労をかけてしまった。看護婦だった母が農家に嫁ぎ、結婚してすぐにできたのが僕だ。僕の年齢プラス一が両親の婚姻期間である。

父は車で出ていってしまった。夜の九時ごろであった。妙なことはしないと思うが、母が変なことを言い出すので、僕まで気になり始めるのであった。

九時からテレビで映画「誰がために鐘は鳴る」を観ているうちに十時になる。父はまだ帰ってこない。

気になるので外に出た。県道の向こうに広がる田園。不思議な光が田の中でキラキラ輝いている。田んぼの向こうには川がある。夏場なら夜川の可能性がある。今は漁期ではない。星のように輝く不思議な光、いったい何の光であろうか？　意思があるかのようであ……次第に弱々しくなったと思えば、急に輝きを増し、まるで語りかけるかのように揺れる灯火。不吉な予感に僕は震えた。十分ほどで完全に消えてしまった……父の最期？　どこかで今父が死んでしまったのだと、不吉な連想をしていた。

テレビを消して父を探しに出かける。しかし、いったいどこを探せばいいのであろうか？

深夜三時まで起きていた。炬燵で居眠り、目覚めると朝の八時であった。まだ父は帰っていない。僕はいろいろな可能性をめまぐるしく考えた。父の葬式、その後の生活のこと、今まで僕は親に甘えてきた。親に苦労をかけてしまった。己の甘えが意識された。

両親の喧嘩を止めた時の、父の頼りない軽さ。哀れな父。僕は親不孝者。誰一人幸せにできない空虚な存在。不幸を身辺に漂わせ、近づく者をことごとく傷つける。救われないのは、そんな行為でしか己の存在が認識できないことにある。不幸の権化破滅誘引型、振り返ればなんと不甲斐ない半生であろうか。物事が始まる前から、できないことの言い訳を用意しているのだ。作家志望の立ち位置。それが僕の罪の根源かもしれない。

サヨにはボーイフレンドがいて、彼の子供を堕ろしたばかりである。彼女に別の男がいてもいいではないか？『ある微笑』（フランソワーズ・サガン）の主人公は、恋人を捨てて別な男と関係した。恋は戦いだ。可愛い女を男はほうっておかない。いい女に付き合っている男がいるのは自然なことである。その女が欲しければ勝ち取ればいいのだ。僕はサヨの相手を知らない。たいした障害ではないかもしれない。

青春の一時期、異性の友達ぐらいいるのは普通のことである。一人も異性の友達がいない方が、かえって気持ち悪い。サヨは一般的な女子高生かもしれない。ただ、少し間違って、つい不純異性交遊に発展してしまっただけのことなのだ。

考えるでもなく、僕のアタマは勝手にシミュレーションを始めている。僕の前に突然現れた可愛らしい少女。交際相手になるかどうか、または、小説の材料になるかどうか……。ボクは小説家志望、材料はいくらでも必要なのである。サヨを自分の女にしようと思っているわけではない。彼女は可愛らしい少女……リアルと創作世界の混同は避けなければならない。

恐らく一回や二回のセックスで妊娠したのではないのでは？　若い身体がセックスを知ったら、止まらなくなってしまう。僕はそのことを、苦しいほど知っているではないか。それに、二人は若い。ロミオとジュリエット、純愛カップルかもしれない。そうであったら、むしろ、ボクは彼らを応援してあげなければ……。少なくとも、彼女を恋愛対象にしてはならない……小説の素材にはなる……。

『人間の証明』という映画が封切られて、「母さん、僕のあの帽子どうしたんでしょうね」というフレーズが流行っている。

リツのバカヤロウ！

この四、五日に読んだ本

一、R・K・シャロン『恋人の日記』……ポルノ。

二、『富嶽百景』太宰治。短編の『富嶽百景』は、ほのぼのとして……。

十月某日（木）

六時半、こんなに早く起きたのは久しぶり。昨夜は十二時過ぎに床についたが、よく眠れなかった。興奮しているのである。ちょっとした旅行、小豆島への一泊旅行へ行くのだ。これは招待旅行だ。妹の着物仕事のおかげである。母が行く予定であったが、夫婦喧嘩で僕に回ってきた。小豆島は思い出の島。痛みが薄れた今では懐かしい思い出の島。その島に明日行くのだ。

陽気、楽天家、初恋の女性に似ているサヨはどうしているのかな、手術のショックから立ち直ったかな、落ち込んでいないかな、術後の経過は大丈夫かな……。女性にとって、すごく大事な部分である。バイ菌でも入っていたら大変だ！　僕はサヨの身体が心配である。手紙でも書いてやろうかな、逢いたいな……などとサヨのことを考えていた。

すると、当のサヨから電話が掛かってきたので驚いた。術後の経過報告で電話をくれたのであろう。身体の調子を尋ねる。少し出血があるが大丈夫だとの返答、少し安心だ。早く元気になってくれ。

「……逢いたい」

か細い声でサヨが呟いた。思いがけない言葉。彼女のことを考えているところに、本人からの電話、サヨの囁き、僕は舞い上がってしまった。躊躇はあったが、

「……ボクも」

と答えてしまった。引きこもりの挫折者、陽の当たる草原にサヨが誘ってくれている、

そんな気がした。だが、今後会うとなると意味が違ってくるのではあるまいか。

彼女には三年来付き合っているボーイフレンドがいる。僕の出る幕ではない。あの子を好きになれば苦しむのは僕だ。彼女はどうなのであろうか？　妊娠するまで付き合った、そんな男と縁を切ることができるのであろうか……。

でも、でも、会って何が悪い。彼女は傷ついた窮鳥、ボクは瀕死の窮鳥、光あふれる湖水に憩って傷を癒やし合いたい。仕事を失くし、同時に恋も失くしてしまった。リツを思い出せば、僕は気が狂いそうだ。だけど、リツは忘れなければならない女——。

僕は淋しい窮鳥なのだ。サヨに会える、それだけでボクは元気になれる。リツを忘れるために、サヨの登場はありがたい。以前から可愛い娘だと思っていた。だけど、好きになり過ぎないようにしなければならない。サヨはボクの元教え子で、女友達。

リツ、僕は君との別れが辛い。失職と同時にリツまで失うなんて思わなかった。僕は予想外のことに、心に大きな傷を負ってしまった。傷口からは、まだ生血が流れている。

「ロマンチックってどういう意味？」なんてリツが真顔で聞くので、からかわれたのかと思った。返答に困り、変な女性だなと思った。

彼女は最初から別れをほのめかした。突き放した言葉でボクをあしらった。いまだに君のことがわからない。肉体は互いに求め合っても、気持ちがつながらない。加えて、ボクの自信のなさからくる優柔不断、そして……仕事の喪失が、リツをも簡単にさらっていってしまった……。

でも、これでいいのだ。気持ちの通わないリツ、二人の未来は想像できない。僕は、仕事ばかりではなく、リツとも行き詰まっていた。

サヨの出現は救いだ。軽やかな口調、快活な会話。リツには永遠に期待できないこと……渇いた心の襞が潤いを取り戻してゆく。サヨといるだけで心地よい。名も知らぬ路傍の小花がとても綺麗。僕は生き返らなければならない。老いた父母のために、そして自分のために――。

今朝の早すぎる目覚め、失業中の後ろめたさは消えないけれど、元気が湧いてくるのが嬉しい。気持ちを切り替えよう、そして仕事を探そう。

「サヨ」

僕はもう君を呼び捨てで呼んでいる。恋人にできない、してはならない可愛い女友達!

十月某日

二十日、H市に行った。正午ごろ出発したが、免許証の携帯を忘れる。サヨ宅訪問、デート？

二十一日、午前七時平和公園を出発、小豆島泊。

二十二日、小豆島半周観光、寒霞渓・銚子渓・孔雀園観光後、Ｈ市へ。着物の関係なので、若い女性の参加者が多かった。

二十三日、午後一時からサヨとデート、遊園地での散歩と海岸ドライブ、夜九時帰宅。

ざっと四日間の小旅行、忙しく楽しい旅はあっというまに終わった。さらに、サヨとデートをして、家にも寄った。二十二日には久しぶりに飲みに街に出た。

とじこもりの窮鳥が、この数日は燕のように飛び回った。無職が後ろめたい。日記帳の残りが少なくなった。気になる日記、余白の終わりは、何かの終わり……。

昨夜Ｈ市から帰宅。急に活動したので身体がだるい。朝食兼用の昼食をとっているとサヨから電話。

昨日のデート、相手は女子高校生、十歳違い。生涯彼女はボクより十歳若いままだ。年を取ったら、淋しいかなボクは先に死ぬのだ。……だけど、これでいいのか。いつの間にかサヨがボクの中に……。

この関係はこれからも続くのだろうか？　障害は多い。最大の難問、彼女のボーイフレンド。いや、いわば彼はセックスフレンドだ。では年齢差、ボクの仕事は？　都会っ子の現代っ子が、こんな田舎に住めるであろうか？　心配し始めると切りがない。パットゴルフは楽しかった。自分でも驚くほど急接近、このところ、ボクはすごく活動的になった。

夜九時、僕から電話する。「毎晩かけて」とサヨのおねだり。長距離電話を毎晩？そんなことしたら、請求書を見てオヤジが驚いてしまう。

相手は高校生だ。少し？　いや大幅に譲歩してやらないと付き合ってくれないかも。サヨの話は、「怪傑ゾロ」の映画が面白かったとか、お習字を何枚も書いて満足したとか、些細で可愛らしい話題ばかり。ボクの年を感じてしまう。頑張らなくちゃあ。

彼女は十七歳、長い睫にエクボと八重歯、細くて華奢、ボディラインの起伏が魅力的。誕生日は一月、ボクと二十センチほど違う身長。一生懸命に書いてくれたレターが明日届く。会って話し、電話で話し、ほとんど手紙に書くことがない。でも何か書いてやらなくてはならない。手紙は味がある伝達手段である。気持ちの微妙な襞が伝わる。サヨは元生徒で、友達だということを忘れてはならない。サヨが元気になるまでの、お付き合い。

リツは手紙をくれなかったし、僕も書かなかった。アイツはだいたい、感情をほとんど表現しない、討論もしない。日記の中での記述で、わずかにアイツの気持ちを知るだけだ。書いた手紙も、僕に渡してはくれなかった。生の声で気持ちの交流、ささやかな日々の出来事、それらが全部皆無なんて……。

術後まだ不調のサヨ、早く健康体になってくれ。明日は電話しようかな、どうしようかなあ、なんて考えるだけで楽しい。「お誘い電話」以来、ボクはすっかり若返った。リツには書けなかった手紙が、サヨには何枚でも書ける。

デート？　帰りは決まって電柱に変身だ。僕は直立不動で彼女の背中に手を回すだけ。ボクたちは「テレホンポール抱っこ」スタイルで語らう。サヨの家近く見晴らしの良い丘の頂上辺り。人通りはほとんどない小道、二人は抱き合ったまま長時間立ち話をする。

スッポリ腕の中に納まるサヨ、まさぐり（愛撫）なし、キスなし。体温と身体の感触が心地よい。ボクの下半身はとろけそう……抱き合った二人には寒風も関係ない。動かないボクたちはまるで電信柱。別れは寒さがすごく身にしむ、特に股間が淋しい……サヨとこんなことをしていいのであろうか？

某月某日

一冊の日記が終わろうとしている。最初のページを見ると、昭和某年の十二月起となっている。書き始めて四年の月日が過ぎた。思えばいろいろあった。報われない恋、絶望、諦め。押し寄せる悲しみ、ボクは何かにすがりたかった。涙の中に舞う華麗な蝶、それがリツだった。

ボクには悲しいことが多すぎる。生きる姿勢が間違っているのであろうか？

僕は淋しかった。涙で霞む視界にリツがいた。彼女は無防備であった。関係を持ったのは三か月後だった。

彼女の日記を読んだのは間違いだった。僕への関心と好意の部分は嬉しかった。だが、過去の男性経験の記載、複数の男とのホテル経験。嫌悪感が先行した。交際相手の手紙も読んでしまった。

早すぎた展開、肉体関係が先行し、二人の気持ちはぎこちなかった。それでも彼女を実家に連れ帰った。相手の家族と食事をしたこともある。それでも寄り添わない心、できれば結ばれたかった。時間は冷ややかに過ぎていった。リツから別れを提案してきた。自分でも別れた方がいいと思った。仕事に嫌気を起こしていたところにいやなことがあり、短気を起こして失業した。

リツとは、もう何か月も連絡を取っていない。僕にも男のプライドがある。もはや彼女との復縁はあり得ない。仕事の継続に自信が持てないことから、リツにもハッキリした態度を取れないでいた僕が悪いのではあるが……。

未練たらしく、いまだに部屋の鍵を返していない。別れの言葉も交わしていない。機会がなかっただけだ。リツとの縁は自然消滅……。無責任という声が聞こえてきそうだが、当時の僕には、別れを告げる元気さえなかった。リツの「日記ノート」と「渡してくれなかった手紙」、それに「部屋の合鍵」が、今もボクの机の引き出しにある。

失業、引き潮のように——彼女も流されていってしまった。でも、これでいいのだ。僕は未熟で弱すぎた。リツと一緒になっていたら、僕はきっと、惨めな思いをすることになったであろう。

そして、今、変なきっかけだが、突然サヨが現れた。

こうして回想してみると、この日記帳は失恋物語、恋愛のことばかりだ。恋愛にしか興味がないのかと誤解されそうだ。だが書き残したくなるのは恋の物語。命輝く高揚の時、レベルや目的が低俗だと言われれば、それはそれで仕方がない。

若い女性はそれだけで素敵な存在、美しい女体、好きな相手ならことさらだ。癖になるセックス、僕は愛し合える生涯の伴侶が欲しい……。

小説も書きたい。人を恋する愛の物語である。僕の小説は愛がテーマ。恋愛。時として恋愛は徒労、無駄な遊戯では？　という思いが頭をかすめる。そうではないという確信が持てない。

僕は作家志望、でもほとんど何も形になっていない。否定したら、自分の過去は全部無駄になってしまいそうだ。絶望を重ねながらも、まだ自分を捨てていない。全ての可能性が断たれた状態を絶望と言うなら、僕のそれは、まだ絶望ではないのであろう。

己を見捨ててしまったら、行きつく先は消滅しかない。一つの夢でも、それを追いかけている間は、生きていることができる。自分を見捨てないこと。どんなに窮地に追い込まれても生きていくのだ。

駄目な自分でも、付き合うしか手はない。孤独である。孤立する自分。いいじゃないか、人は所詮孤独な存在だ。どんなに恥ずかしくても耐えていくのだ。ボクの意外としぶとい生命力。

誰かのアドバイスで、作家になりたいなら何でも経験しなさいと。書けば書くほどに苦しくなる作品を書けばいいのだ。そのためには、経験を積まなければならない。デカダンな小説志向、それが今まで僕を支えてくれた。

あの作家も同じような気持ちだったのではあるまいか。彼は泥の中でキラリと光る宝石、それをすくいあげたのだ。傷つきながら、恥をかきながら。彼のおかげで生きる力をもらった人間は多い。

人それぞれである。全てに好かれる必要はないし不可能である。弱者なりの信念、絶望と懊悩。僕はそれを繰り返しながら、生きていくしかない。

愛したいと思う。愛は生涯のテーマである。

しかし、何か引っかかるものがある——ひょっとすると、僕の生き方は根本から間違っているのではあるまいか？　時として、そんな不安がよぎる。

十月二十五日　晴れ

今日は終日サヨのことばかり考えて過ごした。朝から深夜零時まで、純な少年のように――待っていたサヨからの手紙が届いた。詩を書いて寄こしたので、楽譜をつけて歌にしてやろうかと、ギターを抱えて午前中がつぶれた。

午後は手紙を書いて過ごした。長文の手紙、夜もつぶれてしまった。サヨへの手紙を書き始めると止まらなくなってしまう。筆不精だけれど、書き始めるといろんなことを書きたくなるから不思議である。サヨには短い手紙では終わらない。サヨの顔が浮かんで、書いているうちに気持ちが高ぶってしまう。

気持ちを込めて書いたから少しでも早く出したい。夜十一時に投函に行った。短大を受験するそうだが、二年は待ち遠しい。ボクは年を取ってしまうではないか。サヨのボーイフレンドのことは考えないことにしている。そこに思いを巡らすと、彼女とは会えない。今のボクにはサヨが必要なのだ。しなびた雑草は水を求めて喘いでいる。

十七歳の恋人

君は突然現れた
打ちひしがれ

病んだ日々の線上に
泣き声ですがってきた
赤ちゃんを堕ろすという
もう大人に見えた
そして女に見えた
泣き止んだ時
もう笑っていた
元々君は楽天家なのだ
君の登場
君の笑顔
君の存在
萎《しお》れたハートに
打ちひしがれた失意のハートに
希望の水を注いでくれた
そして、ボクは
君の笑顔を
自分のものにしたくなってきた

若さへの憧憬
甦《よみがえ》る欲望
不安なシコリを沈潜させたまま
いつの間にか
日がな一日
君のことばかり考えている

僕から頼んだわけではないが、サヨは、自分から言い出した。

「高校生の彼とはきっぱり別れます。簡単ではないかもしれないけれど、別れを決心しました。将来のことを考えると、彼にとっても私にとってもその方がいいのです」

そんなことを、サヨは言葉を選びながら僕に説明した。それに、母親も僕がお気に入りのようである。お母さんは関係ないンだけど……。

……だが、三年間付き合った相手、肉体関係のある高校生、そんなに簡単に別れることができるであろうか？　仮にできたとしても、逆に怖い。なぜなら、いつ自分が同じ立場にならないとも限らないではないか。自分は特別という保証はない。

赤ちゃんができるほどの異性、相当好意を持っていたはずである。別れるのは簡単ではない。

別れは辛い。別離の辛さを、僕は経験したばかりだ。「別れた方がいい」と思いながら、僕はどうしても別れる決心ができなかった。二人の間に「赤ちゃん」までできた。それを堕ろしてもなお、別れられなかった。僕たちの肉体は、リツとボクの身体は——互いを求め合い、むさぼり合う「燃える男と女」になってしまった。そうなると、ボクの中の「別離」の概念は、粉々に粉砕、消滅してしまった。リツの心中は分からないが、少なくとも、ボクの心身に「別れ」のカケラもなくなってしまった。

別れるのは、サヨにはきっと無理であろう。相手の男のサヨへの思いもある、サヨは可愛過ぎる。もしボクが相手の男だったら、サヨを諦めることはしないだろう。

……僕は何を考えているのであろうか。二人を切り裂くストーカーになり下がりつつあるではないか。だけど、サヨの体温が恋しい——。可愛いサヨに会いたい……。僕らが共に歩む未来がないことを知りながら……。

十月某日

終わりそうで終わらない日記帳、巻末に余白ページがかなりある。もうしばらくもちそうだ。

同人会の文芸研究会の会員になることにした。入会金八千円。仕上げようとする時、単純なテーマだけでは間が持たない。思いもよらぬ幅広い知識が必要になる。文字、熟語、絶対的なボキャブラリー、記憶力が必然的に必要になる。

記憶力？　ヤバい、僕の弱点は軟弱な記憶力。こんなことでは文筆家にはなれない。才能がない。基本能力不足なのである。小説家になりたい、その思いだけにすがって辛うじて生きている。僕に才能があろうがなかろうが関係ない。小説家を目指すしか生きる手だては見当たらないのである。どんな苦しいことであっても、小説の材料収集と思えば、取りあえず耐えることができるのである。……しかし、そんな考えは甘かった。思い知らされる時が訪れるのだ。

十月二十八日
男女には相性がある。わかり切ったことだ。夜、サヨに電話した。会話は明らかな空回り。かみ合わない会話。相性が合わない？……そうではない。男だ。セックスフレンド、彼がサヨを引き留めている。力が抜けてしまった。やはりだめだ。小説を頑張ろう。他にも何か気晴らしを――。

十月二十九日
最近の話題作、森村誠一『人間の証明』を読了。推理小説は読んでいる間は楽しいけど、読後に残るものが少ない。でも、この作品は良かった。西條八十の詩を使って成功している。新しい試み。

十月某日

国民休暇村でのヌード撮影会に参加。連写ドライブもセット、ズシリと重い中判一眼レフ。手にしただけでいっぱしのカメラマンになった気分だ。説明書を精読し、操作のシミュレーションを繰り返して練習してからの参加だ。愛用のカメラでヌード撮影会初体験、野外で素っ裸のモデルたち、面白い。お気に入りの美人モデル一人を追っかける。木陰で下着を脱ぐ美女、恥毛の映ったヴィーナス、我ながら素晴らしいショットだ。これは全紙に拡大して部屋に飾るとしよう。プリント代高くつきそう、ボクは無職なのに。

夜、サヨから電話。昨日はしなかった。オヤジの機嫌が悪くなるからである。前回の電話を思い出し、今夜もしないことにしていた。するとサヨからかけてきた。相手は美しい女子高生、無条件に嬉しい。二日前には怒っていたのに——。なんてボクは単純なのだ。

十一月某日

夕方H市へ向かった。昨夜、父に出かけることをほのめかすと、家の手伝いをしろと言われた。それで母と一緒にコンニャク芋の整理をした。大玉の泥を落とす出荷準備である。後ろめたいので、機嫌取りの手伝い。最近の僕はマメになった。軽作業は楽しい。妹のアパートには婚約者が来ていた。

夜、サヨに電話。明日の朝九時四十分に待ち合わせ。

「十時なんて平凡よ」

なんて言うので、四十分という中途半端な設定になった。忘れてしまいそう。十分遅れていったらサヨはいない。家に行って声をかけたが誰もいない。もう一度約束の場所に行ったらサヨは立っていた。

「待つの、イヤなのよ」

と言う。公園を一周してきたと言う。ボク「ムムム……」

ボクはかなり不満だ。でも、不服そうな顔は長くはもたない、なにしろボクは、彼女の姿を見ただけで、嬉しくなってしまうのだから。出会い頭からよく喋る。いじけている余裕はない。宮島に向けて車を走らせる。宮島口までは遠い。途中サヨが変な顔をする。尋ねてもなかなか理由を言わない。

「どこか、えーと、旅館ないかしら」

出血して、着衣を汚してしまったと言う。手術の後遺症の出血だ。ラブホに飛び込む。以前リツと利用したホテルだ。時の流れが過去を洗い流していく。今の僕ならどんな辛い別れでも耐えられるかもしれない。降って湧いたかりそめの恋、危うい恋である。

従業員は思ったに違いない。「朝早くから、ごくろうさまなことね～」と。

風呂で洗い物をさせる。暖房の温度を上げ、浴衣の紐をつなぎ、それをエアコンの吹き出し近くにかけて僕が乾かしてやる。下着も一緒に。

サヨは、風呂に入る。やがて、浴衣を着たサヨは、

「あつい暑い」

浴衣の襟をパタパタさせながら出てきた。濡れた髪が色っぽい。普通ならこれから甘いラブシーンになるところだ。テレビをつけ、手を引いてサヨを胡坐《あぐら》の膝に乗せる。薄い浴衣の生地、下着を着けていないサヨの体温がダイレクトに股間に伝わる。膨張でサヨは座りにくいかもしれない。浴衣の上から乳房を弾ませて感触を確かめる。

見知らぬ男の後始末？　恋人たちに、アフターケアの元教師？　ボクは何をしているのであろう？　一時間はすぐ過ぎる。二時間は短すぎではあるまいか？

せっかくホテルにいるのだからと、勝手に考え、サヨと一緒に布団に寝転がる。キスをしたくなる体位、顔を近づける……すると、サヨは弱々しく首を振って、イヤイヤをする。なのでしばらくそのまま抱いて僕はおとなしくしていた。

片方の乳房を浴衣から引き出し触ってみる。わしづかみにする。乳房が揺れて……この娘はすっかり女だ……だけどまだ保護の必要な少女。なんだか妹か娘を、抱ッコしている

かのような気持ち……もっと触っていたかったけど、乳房を浴衣に収めた。

宮島行きは中止にして、いつか行ったパーク、場所を忘れたので土産店に寄って尋ねる。ついでに「カキのワサビ漬け」を買って、土産に持たせる。

公園には僕たちだけ。牛や馬などを見て写真を数枚撮った。ヒト気のない公園は侘しい。なりゆきでサヨの家に顔を出すことになってしまった。あまり行きたくないとは言いにくい。サヨの希望である。

家に着くと、父親が食事の準備中。間もなく母親が帰宅、まるで僕は家族の一員ではないか。食事に誘われそうなので早々に帰ることにする。しかし、なぜ僕は、こんなにも抵抗なくサヨの家に出入りしているのであろうか？　でも、そんなこと今のボクにはどうでもいいことである。

四日の夜はまだ続く。バーSに行き、馴染みのホステスとT君たちのことなどを話す。妹と僕で世話した気の毒なカップルは、あまりうまくいってない様子。僕には辛い話である。

十時過ぎ、妹の所へ行くと、婚約者が来ていた。酒を買ってきた僕は、一人で飲んで饒舌になる。妹の部屋に泊まりだから飲酒運転にはならない。口調のはっきりした彼はビジネスマン。サヨのことなどを酔って喋りすぎた。ボクは妹には何でも話してしまう。近々身内になる者がいるのに話すべきではなかったと、酔いが醒めてから反省。デートの邪魔をしたかも？

五日、午前中寝て過ごす。午後妹を病院へ。三時過ぎサヨへ電話。彼女の家に着いたのは四時半。外で話すことにする。今日は話がかみ合わない。妙に興奮した様子のサヨ、自分勝手に話しすぎる。またしても男の影がよぎる。それでも、リツのダンマリよりはマシ。サヨの存在はリツを忘れさせてくれる。今は楽しければいいのだ。最近の僕は、ずいぶんと活動的になった。何か月も寝床に住み着いて（？）いたのはずいぶん昔のことのように思える。

サヨと近くの公園へ。変わった名前、忘れた。家の近くの神社、石段八十七。キスしようとすると嫌がる。時間が必要だと言う。自己嫌悪、いくら可愛いといっても彼氏のいる女、ボクは何をしているのだ。帰りの車中でますますの自己嫌悪。

実家には夜の十時過ぎに着く。文芸研から小包。小説、なんとか物にならないであろうか。

六日、一日中家の中でブラブラ。侘しさしきり、男のいる女に付き合ってもらっている。それでも、僕を光の当たる場所に誘い出してくれる貴重な女友達なのだ。僕の誕生日が近い、二十八歳、独身、無職。

十一月某日
山仕事に行く。久しぶりの力仕事。母に代わって、昼と夜、食事の準備。母は妹の所に出かけている。父と二人。少し照れくさい。サヨへ電話。気になっていることを指摘するが、「元気があっていいじゃない」と軽くいなされた。
サヨの声を聞いただけで気分が良くなる。信じられないが信じたい、僕は急速にサヨが好きになってきている。単純。だいたいサヨと恋愛なんてあり得ない。そのことを忘れてはならない。そう自分に言い聞かす。引きこもりの陰鬱な日々、戸外に誘ってくれる可愛い娘、今のボクにはサヨが必要なのだ。
元同僚で友人のMが危篤状態。交通事故で再起不能状態。なんとしたことか……。僕のことを心配して……そうだ、きっとそうだ。

十一月某日
昨日は僕の誕生日。サヨが色紙を送ってくれた。

香をとめて　来て
モクレンの

花ざかり

書道が趣味のサヨ、綺麗な字であった。お礼の電話を入れる。

昼過ぎ、元同僚から訃報の電話。友人Mが亡くなった。昨日、僕の誕生日に彼は逝ったのである。偶然にしては不思議すぎる。因縁？　ずっと僕のことを気にかけてくれていたMが、事故にあって逝ってしまった。

先日の不思議な光、あれはやはり、彼だったのだ。旅立ちの前に僕に会いに来てくれたのだ。少しの抵抗もなく、そう確信した。彼の魂が光となって、美しく輝く蛍灯となって、僕に会いに――ああ……君に心配をかけてしまった。

事故死の原因の一端はきっと僕だ。彼は、夜中に車道で事故にあった。僕を心配しながら、ぼんやりと歩いていたのだ。僕だけが辛かったのではないのだ。君まで巻き添えにしてしまった。許せ、許してくれ友よ、許してくれM……だけど、不思議な事象……。

それにしても、近しい者の死が多すぎる。同級生のK、青森の友人T、従兄弟のI、包丁での自死は悲惨であった。そして友人Mの事故死。うち二人の死は僕が直接的な影響を与えてしまった。――僕の存在自体が罪なのかもしれない。まるで僕は……。

十一月某日

今また僕は危うい恋をしている。失意の引きこもりから、救い出してくれたサヨ、それにすがっている自分。多分成就しない恋、いや、絶対成就するはずのない恋、偽りの恋、また罪を重ねることになるのであろうか。

いつのまにサヨを好きになってしまったのだろうか。今の僕にはサヨが必要、できることならサヨを恋人にしたい。サヨの感性は瑞々しい、可愛い、笑顔がいい。白い乳房、華奢なのに豊満……。

いよいよ余白が少なくなってしまった。この日記帳をひとまず閉じなければならない。物語の終わりが近いようないやな予感がする。便箋に書いて貼り付けることにしようか。

サヨをスッポリと腕に包み込み、身体を密着させる。そしてサヨと僕は電信柱になってしまうのだ。暮れなずむ丘の細い散歩道、電信柱の直立状態で一時間以上、時には二時間になることもある。

薄暮の中では、棒にしか見えない二人のシルエット。気づく人がいたとしても、若い恋人たちの微笑ましい抱っこデート。僕たちのデートは、丘の「テレホンポール」。

十一月某日

今日の僕は嘘で固まっている。別れの手紙。迷いと嘘の重層構造、下手な別れの手紙なんか投函しない方がよかった。二日がかりで約二十枚、文字数にして八千字の手紙。惨めになりたくない。しかし、たっぷりの未練。そんな気持ちが長文を書かせた。

サヨは、すぐに電話してきた。

「お願い、私が悪かったの。付き合ってください」

代わって、母親からも懇願、母と娘の説得の電話。僕は辛い。

別離の手紙を母娘で読んだのだ。彼女との未来も考えた。けれども、身体を許した男の影は、絶対消えない。努力で克服するたぐいのものでもない。目を瞑って、やり過ごしたとしても、僕たちの破局は確実に来る。

サヨが好きだ。ドンドン好きになってゆく、その自分が怖い。距離を置いて付き合おうとしてきたが、最近の僕は、サヨに夢中になるあまり、気持ちを制御できなくなってきた。約束の時間にひどく遅れてきたサヨ、しかも男の匂いを伴って。今までにも話がかみ合わない時があった。そんな時はきっと男だ。別れると約束しながら、やっぱり会っているのだ。元々、別れるのは無理だと僕は知っていたのに。

このままでは、僕の苦痛は増す一方。僕はつぶれてしまう。これ以上の深みにはまり込まないうちに……僕は別れを決断した。

サヨは奔放で快活、若さに輝いている。僕は自信がない。変幻の女は受け止められない。

信用できない。僕は神経質で繊細で、そして、非情な男だ。後戻りができるうちに止まるのだ。どうか僕のことは忘れてくれ。諦めてくれ。

僕は無職。教員の仕事はもうできないし、したくない。仕事を探さなければならない。人生の再出発。やり直さなくてはならないのだ。どんな仕事をするにしても、今までの学歴は何の役にも立たない。過酷な試練が待ち受けている。必死の勉強が必要なのだ、恋愛をしている余裕はない。頼む、サヨ、別れてくれ。

熱心な（？）母親の電話での説得。家柄を知られており、人並み以上の？　胆力を感じさせるボクのことが、彼女（母親）は、すっかりお気に入り。僕はお母さんに、口説き落とされてしまいそうである。三日以内に返事をさせてもらいますからと、電話を切らせてもらった。ボクの相手は娘なんだけど……。折り返し電話して、変わらない意志を母親に伝えた。


文芸研から通知があり、T氏の言葉が添えてあった。

「原稿、かなりの実力と思います」

その評で別れの悲しみが少し薄らいだ。作品としては第二作目だ。

「庭木どろぼう」

五十三枚の中編。学生時代の思い出と、父とのことを織り交ぜて小説にしたもの。かなり力を入れて書いた。でも、自信は全くなかったので、「かなりの実力」の評価が嬉しかった。これからも書いていきたい。

苦しい経験も小説の材料、辛いものほど好材料になる。皮肉なものだ。早く返却してくれないかな～。懸賞作品として投稿してみたい。

文學界十二月号を購入。新人賞が二編掲載されているけど、たいしたことない感じ、まだ一編しか読んでないけど……。

井川正史、「長い午後」第四十五回入賞作。迫力不足の感。思想がない、苦悩がない、表面的、などと書いていると、いっぱしの作家になった気がしてくるから面白い。面と向かっては何も言えない。日記ならどんどん悪口書けてしまう。

明日は妹の荷納めの日。父母、妹がH市へ、僕は留守番。

余白のなくなってしまった日記帳。約四年間の出来事を、断片的に記録した。その間、様々な出来事あり。忘れられない体験が詰まっている。書き出しから恋の話、僕に高尚な物語は無理であろうか？　そろそろ落ち着かなくてはならない。独身、無職。僕の明日はあるのだろうか？

十一月某日

文學界新人賞作品、三輪滋「ステンドグラスの中の風景」。障害児を持つ父親の心理と生活を描いていて、テーマそのものがすでに悲惨なもの。悲しみが透明になりすぎている感がある。傍観者的な視線。やはり苦悩の心理は、リアルに表現した方が迫ってくる。達観した穏やかな表現は、それなりに試みとしては面白い。

……急に不安に襲われた。ひょっとしたらサヨが、ここにやって来るかもしれないではないか——ボクの所へ。サヨが来れば、ボクはコントロールを失い、狂喜してしまう。きっと、錯乱状態になってしまう。困る。別離の決心は瓦解し、醜い状態になってしまう。サヨが恋しい。恋しくてたまらない。肉体関係はない、キスさえしていない。だけど、この三か月ほどの間に好きになってしまった。いつの間にか、僕の中にサヨは住み着いてしまったのだ。

あの娘といれば楽しい。いつも一緒にいられたらどんなにいいか。男の影、黒いシコリの影が怖い。事あるごとに、あの男の元に行かれたのではたまらない。先が思いやられる。試練は必ず来る。僕がリツを忘れられないように——。

抱き合った男女は、簡単には離れられはしないのだ。まして好きだった相手ならなおさらである。男と女、つながって、もつれた糸はほぐれやしない。横恋慕の新参者は僕なのだ。元々僕とサヨに可能性はなかったのだ。サヨの感性は瑞々しい。サヨとの別れは辛い。

ある日、サヨがデートに遅刻した。問い詰めると、男と会っていたことを匂わせる。電話のベル。サヨだ。何回もかかってくる。けれど僕は電話に出なかった。言葉がない。声を聞いたら心が折れる。ごめんサヨ、僕を忘れてくれ。別々の人生を歩んでくれ。その方がきっといい。ボクたちは元々難しかったのだ。お母さんもボクのことは諦めてくださいい。ボクたち一線は越えていません。キスさえしていないのです。幸いボクたちは、師弟関係の域を超えておりません、外見的には——。

第一育った環境が違いすぎる。年齢差がありすぎる。サヨはまだ高校生。短大に進み、社会に出るまで、僕は何年待てばいいのだ。待ちきれない。

それに、男の影に怯えてしまう。彼は物理的に、サヨの近くにいる。僕は百キロ以上離れた田舎。嫉妬に狂ってしまう。僕は耐えられない。折れてしまう。

香をとめて　来て
　モクレンの……

君は素敵な女性だね。君となら、立ったまま何時間でも話していられたね。習字が好きなボクは君の気持ちがよくわかるよ。たわいない話題でも、二人は寄り添い、共鳴して、つがいの蝶が菜の花畑を舞うみたいな、ファンタスティックな気分になってしまう。

貧血のせいで修学旅行に行けなかったそうだね。農作業は厳しいから、農家に嫁ぐのは無理だと思うよ。サヨ、元気でいてくれ。君は可憐な都会っ子だよ。

僕はまた独りになってしまった。茫然自失の一日が終わる。明日もそうであろう。淋しい。取り除けないシコリを無視してでも君に逢いたい。だがもう無理だ。きっぱりと別れた方がいいのだ。肉体関係を持っていないボクたち、抱き合っていたら別れは難しかった。よかった、深い関係になっていなかったことが救いだ。

今回のことは、恐らく君にとっても試練だと思う。君と付き合いたいがために、ボクは君の難題を無視してしまった。友達関係なんて無理だったのだ。ボクは、君たち二人の仲を引き裂いてしまったかもしれないね。やはり、ボクの存在そのものが罪。

別れを決断した今、今度は僕が、苦しまなくてはならない。もっと早くにサヨと出逢いたかった……。

十一月　某日

今のボクは、飼い主とはぐれ、愛に飢えた満身創痍の犬だ。寂しい、苦しい、辛い……。

昨夜はリツのことが、しきりと思い出された。サヨと付き合っている間、リツのことはほとんど忘れていられた。けれど、サヨと別れることにしたら、リツが甦ってくる。やり切れない。

リツ、君はどうしているの？　もうすぐ二十七歳の誕生日だね。婚期を失ってしまう。原因はこのボク。だけど幸せは祈らないよ。君は、ボクを理解しようとはしなかった。好いてくれたことはあるけれど、お前はエゴイストだ。人情がわからないに違いない。一度はお前と結婚したいと思った。だが、お前の冷ややかな眼差しがボクを凍らせてしまう。君の日記を読むのは苦しい。お前の幸せは祈らない――。

いやいや、君のせいにするのは男らしくない。一番の原因は、僕の不甲斐なさだ。仕事の行き詰まりを予感していたし、好きでもない教師を続ける自信がなかったのだ。失職の恐怖。君は耐えられないと思う。新婚の夫は無職、共通する知人は多く、僕も耐えられないであろう。人に紹介もできない挫折の夫、恥ずかしい夫、そんな役はボクにはできない、耐えられない。

挫折の床で、ボクはサヨに出会った。無理なことを承知で、彼女にすがってしまった。

十一月某日
小説の構想、八十枚程度
「愛の行方」または「愛の逡巡」。
学生時代の材料で中編のあらすじを考えて一日過ごした。

また一日が無為に過ぎてゆく。頭の中でいろいろなことを漠然と思い巡らせている。ボクの一生はぼんやり、ぼんやりで終わってしまうのであろうか。不安。

今日は本を一ページも読まなかった。一向に進展しない小説の構想。無為に一日過ごした。時間を大切にしよう。時間はあまりない。

夕方電話のベルが何度も鳴った。出なかった。あれはサヨではない……、いや多分、彼女……。今僕を支えてくれているのは、小説への夢だけだ。

宝くじ二千万円当たらないかな～。当たったら、千五百万は貯金して、五百万は自由に使うことにしよう。旅行がいいかも。ヨーロッパにでも一か月ほど行くのだ。国内での出来事を全て忘れて、出直すのだ。

家も建てなくては。新婚用の家だ。親に楽をさせてやれる。だけど、当たるはずもない。そんな不確かな夢を見続けて一生終わってしまいそう。しっかりしなくては。ボクよ、しっかりしてくれ。

十二月某日
起きたのが昼前、洗車。三時過ぎから石川達三の『骨肉の倫理』を読む。
今日はこの本を読んだだけで終わろうとしている。何かしていないと、サヨの顔が浮かんでくる、リツの顔が浮かんでくる。

夜十一時、寂しい、虚しい、苦し〜イ！

十二月某日　曇

＊

この間は、うるさく電話を　おかけして　まことに申しわけありませんでした
本当にごめんなさい
先生のお心よくわかりました　そうおっしゃるのがあたりまえです
勝手なことばかり言って、こまらせてしまいました　許して下さい
もうあんなことは　二度と申し上げません　誓って！
今、すぐにでも　お逢いしたいと思っています
私もテストが間近です　するべき事をしなくてはならないでしょうから
十二月ＸＸ日以降で時間のあまっている時がありましたら、どうか逢いに行くと言って下さい　お願いします
私の心からの最後のお願いです　先生をこまらせるようなことは二度と申しませんから、私の気持ちのけじめに、いえ、正直な気持ちに対して　かわいそうだと思われたら逢って下さい
逢いたいンです

私の最後のおねがいです
サヨ

追伸
私に二度と電話も手紙もしてほしくないと思っておられる　なおさらのこと　逢って下さい。そうしたら　きっぱりとあきらめます。今　とてもおちつけません　助けると思って　逢ってやると言って下さい　逢ってやると
もう　うそは言いません　本当に逢って下さったら、手紙も電話も絶対にしません
電話で逢ってやると言って下さい
お願いします
まっています
ワタシどうしてこんなに身勝手な女なんでしょう　イヤな性格ですね
きらわれているのは　しかたのないことです
もう一度でいいンです　逢いたいンです
わかって下さい
逢っていただけないことはよくわかります　あいたくないのも　あいたくないと思うのもよくわかります

こんなイヤらしい女ですもの　でも　でも　逢いたいンです
私の最後のわがまま　最後のわがまま　きいて下さい
サヨ

＊

読むのが辛い手紙が来た。幼いころから習っているという習字、段位も高い、綺麗な文字の手紙が哀しい。逢うだけでいいから逢いたいという。最後に一回だけでもと。サヨの切実な気持ちがボクはしんどい。逢えば僕には振り切る自信がない。

好きな女にすがられて、振り切ることなんてとてもできそうにない。ボクも逢いたい、逢って君をこの胸に抱きしめたい、感極まって……君の身体を抱きしめ、そしてセックスに及んでしまうかもしれない。今の君は、ボクの求めを拒むことはできない。そして、待っているのは地獄……二人とも地獄。ボクは危険だ。逢えばボクはもっと汚れてしまう……、そして君は、もっと傷付いてしまう……。

サヨ、サヨ……サヨとの別れがボクには辛すぎる。

母親からも手紙がきた。

彼はまだ子供でしょ、貴男の相手ではないでしょが。恋は命がけでないと実りませんよ。お願いだから娘と付き合ってやってください。貴男を好きになってしまった娘が、不憫でなりません、苦しむ娘を見るのは耐えられません。お願い、娘を見捨てないで……Ｅｔｃ。

説教のような懇願のような、母親からの熱い手紙。可愛いサヨ、思いやりもある、繊細で瑞々しい感性。気持ちが共鳴して心地よかった。もっと早くに出会いたかった。だけども、男の存在はどうにもならない。性教育は誰がした？ 「Ｌ・Ｈ・Ｒ」《ロングホームルーム》で僕も担当者だったかも。本当に好きな相手が現れた時のために、やはり、性教育は必須なのだ。高校では遅すぎる、もっと幼少から必要だと思う。僕は身をもって経験した。

君には、彼がいる。好き合ったから抱かれたんだろ？ 君と結ばれたとしても、僕は疑心暗鬼で苦しむことになる。嫉妬で苦しむ、間違いなくそうなる。

それに、僕は無職。教師の職に行き詰まり脱落した。将来の見通しは皆無、僕にはこれから、生計の道を探しての悪戦苦闘が待っている。ゼロから、いや、マイナスからの再出発。自信がない。君を同伴しての再出発は不可能だ。

ゴメン、サヨ。君も悪い？ いや、君は少しも悪くないのかもしれない。僕が一方的に悪いのだ。遅かれ早かれ、破局は訪れることを僕は予感していた。いや、確信していたのだ。僕は君を利用したのだ。

瀕死の僕を、陽の当たる草原に誘い出してくれたサヨ、傷を癒やしてくれたサヨ。おかげでなんとか息を吹き返すことができた。だが、君を深く傷つけることになってしまった。

サヨ、どうか許してくれ。ごめんサヨ……。

考えてみると、傷どころではなく、ひょっとすると、君たちを無残にも切り裂いてしまったのかもしれない。修復不可能な深手を負わせてしまったのかもしれない。ボクからの直撃のみならず、サヨと彼との亀裂、それの修復こそ困難ではあるまいか。相手の男からしてみればボクのことが「オニ」に見えていることであろう……。

君は可愛らしく優しい、それに美人だ。まだ若い、これからいくらでも出会いは待っている……お願いだ、こんなひどい仕打ちをしたボクなど忘れてくれ……。

＊

無題

ゆるして……
やさしさが　欲しかったのよ
笑顔と　温もりが欲しかったのよ
虚しい恋じゃなくて
愛されることの喜びが欲しかったのよ

すぐそばにあったわ
たとえ偽りの恋であっても
わたしの求めている微笑と
優しい言葉と抱擁があったのよ
一夜だけの幸せでも
いっときだけの慰めでも
何もなかったわたし
暗い部屋には
苦悩の残骸
そこら中　ゴロゴロしているのよ
明るくないと眠れない
ラジオが鳴ってないと眠れない
飢えていたのよ
死にたくなるほど飢えていたのよ
優しさに　飢えていたのよ

十二月某日

入浴時、洗い場の排水口にたくさんの髪の毛が溜まっている。見ればタイルにも髪の毛が散乱……？　なんだ？　毛髪をつかんで引っ張ってみた。大量の髪が手に。ああ、どうしたことか、僕の髪の毛がなくなってしまう……。大量の酒を流し込んだが、一向に酔えない……。

十二月某日
ボクは、どうなってしまったのだ？　醜くなってしまう。誰がこんな男を相手にする？　もうダメだー、ボ、ボクはお終いだ～もうダメ……。
「……リツ、リツ、助けてー」

十二月某日
頭は霞み、飲みすぎと寝不足で頭もうろう。ボクは宝くじを買いにF市へ行くのだ。国道△号線沿いにある売り場で買った。しかし、宝くじなどどうでもいいのだ。遠くからでもいい、姿だけでも見たい――。
リツのアパートの見える所まで行こう。見慣れた模様のカーテン、以前と同じ。物干しが寒そうに佇んでいる。日曜大工で作ってあげた木製の物干し。白い車が近くに停まっている。男の姿が見えた。以前の自分の姿のよう。あんな風にしてリツの帰りを待っていた。

三十分ほどで車は消えた。リツとは関係なかった。

やがて、リツの車が帰ってきた。車に覆いをしている。リツの歩き方は独特だ。スッ、スッとつま先を押し出すダンサーみたいな足運び、リツがそこにいる。別れた女、もう会ってはいけない別れた女……、僕たちに未来はない。

食事をしていなかったので、近くの店でラーメンをすすったが味がなかった。このままでは帰れない……電話ボックス、「モシ、モシ……」リツの声、あとは無言。

「……俺」

とうとう電話してしまった。電話は一方的に切られた。しばらくして、再度かける。すぐに受話器は置かれる。

僕はアパートに移動した。ノック三回、中で人影が動く。彼女は隣近所を気にする。玄関の引き戸を開けてリツが顔を見せる。

「帰って……。来ないで……」

座敷からボクを見下ろして言う。ボクは玄関口に足を踏み入れた。するとリツは、

「帰らないなら、ワタシが出ていく……」

と言って用意を始めようとする。

「……これ」

と言って、鍵を差し出す。リツの部屋の鍵、長い間ボクが持っていたのである。玄関と

部屋との仕切りのない簡易アパート、少しも変わらない室内の様子、乱雑さが懐かしい。

差し出されたリツの手の平、愛しいリツの白い手……、むしゃぶり付きたい気持ちをこらえて——ボクはつまんでいた鍵をポトンと落とした……。二人に終止符が打たれたようで哀しい。二人の愛の終着駅……。

あの日……事件を起こした後に君を訪問した時、どこに行くとも言わずに出かけたまま、帰って来なかったリツ。ボクは君を待つのが辛かった。二日目も帰らない。見捨てられてしまった、ボクは嫌われてしまったと思った。二日目の夕方には、耐えられなくなってしまった。渡してくれなかった手紙と日記をつかんで、リツのアパートを後にした。ボクはそれきり、寝込んでしまった。苦しくて、閉じ籠ってしまった。


リツが本当に出かけそうな素振りをするので、

「食事でもしないか？」

と言うと、もう済ませたと言う。

「じゃあ、コーヒーでも飲みに行こう」

と誘うと、意外と素直にリツは頷く。

前に二回ほど行った喫茶店。ダンマリのリツに、ボクの近況を話すのだが、あまり話すことがない、というよりも話せないことがほとんどなのである。リツの無口には慣れている。

ポツリポツリと話しているうちに、リツはうなずいてくれる。別れたことが嘘のようである。

店を出て河川敷に駐車する。ここなら、ユックリ話ができる。リツからの別れの提案を聞いて何か月になるのだろうか？　ボクは引きこもってから、半年の間一度も連絡しなかった。できなかったのである。

ボクには話せないことが多い。サヨのことなど話せるわけがない。それで、仕事の挫折のこと、リツとの別れが辛かったこと。一度に訪れた試練、我慢するのが苦しかったこと。失意の数か月、引きこもりになってしまったこと、その耐えられない苦しさを切々と話した。言葉を選びながら、たどたどしく説明するうちに、悲しみが込み上げてきた。

仕事だけでなく、リツも同時に失うなんて思いもしなかった。リツに恋焦がれながら何か月も夢に現れた女、そうか、あの女はリツ、会いたくても会えなかったリツ……。

アパートの近くまで移動する……アパートはイヤだと言う。その言葉を聞いて、ボクは全てを悟った。知り得た全部の情報を掻き集め接合して、その上で、僕は「認知」したのである。相手の男性は……。リツのことは何でも知っているし何でもわかるのだ……。リツは、新しい交際を始めているのだ。半年も放置されては、誰だって……。

「行こ、ホテル」

「……うん」

固い表情がガラリと変わり、控えめではあるが嬉しそうな表情、リツの微笑み。久しぶりに会った妹、肉親のような女、リツへの頑ななこだわりが消えてゆく。

二年は長い。探り合った気持ち、別れを前提にしたみたいな二人の日々ではあったが、共に過ごし、睦み合った長い期間、共鳴する二人の肉体。リツとボクは男と女……。

ホテルでの一夜、僕はほとんど眠らなかった。リツもほとんど眠らせなかった。懐かしすぎるリツのカラダ。柔らかい肌、大好きな小さ目の乳房、しなやかに伸びる細い背中。どんなに元気がない時であっても、なぜかリツの背中を見ると、ボクはいつでも甦るのだ。背後から垣間見える乳房、ボクの好きな痺れる悩殺ポーズ。リツは背中美人である。窪む背筋、続く引き締まった臀部、落ち込む谷、その下には究極のホール……。

半年ぶりの抱擁、最後になるかも知れない抱擁——朝方のファイナルセックス、抱きしめツキアゲ、深奥のゼンドウとSUCKING、耐えられず昇り詰めるクライマックス……これがリツだ。

別れの朝が近づく。浅い眠りのリツはボクの腕の中。耳朶を甘噛みし、頬を重ねる——愛しいリツ、どうしてこんなことになってしまったのであろう……。

瞼へのソフトキッス、首スジ、乳房、柔らかな肌に触れていく。僕の唇と脳裏に、リツの感触を永久にインプットするのだ。

目覚めたリツ、密やかな反応が甘哀しい……。冷えたお茶が美味しい。リツが言った。

「中にしてもよかったのに」

真意がわからなかった。あえて聞き返しもしなかった。誰の子かわからなくなるではないか？　君は、ひょっとすると――？　忘れられないリツの言葉……。


出勤するリツを、サヨナラも言わずに見送った。

リツ、今日は授業にならないかもしれないね。

「さようなら……リツ子」

リツの詩が浮かんだ。「風呂に行くように」のポエム……。

後年――何年たっても……リツの最後の言葉が僕を悩ませる……。「中にしても……」
慰めが欲しかった。合鍵の返却、放置していた君を口説き、そして……抱いた。

「わたしの青春はどんなだろう」

と日記に書いていたね。

「私の青春を返してほしい」

そんなこと言わないでね。僕は君に惹かれて好きになったンだよ。君は眼前のバラ、僕は君に恋狂い……。

「僕たちの青春」を、僕は忘れようにも忘れることはできない。リツと僕の愛の旅路……。痛みを伴うけれど、君を思い出すたびに、身体が熱くなる……。

許してくれリツ。自分勝手な僕を許してくれ。弱い僕を許してくれ……。

足かけ三年の日々、君だけが悩んだのではない……。

こんな経験を私小説風に書いたとしても、僕は作家になんかなれない。作家志望を撤回する。だいたい作家になろうとしたことが間違いだった。能力のない僕が、現実逃避のための作家志望。何でも経験しようなんて考えが間違いだった。誰かのアドバイスも悪いのだ。こんな考えが諸悪の根源。今後僕は、恋愛はしない。小説も書かない、筆を折るのだ。半生を精算して、地味な生活を送ることにする。生活人として生まれ変わる。弱いことは罪、弱さが罪を呼び寄せてしまう。

許してくれ……

許してくれ……

そして……

再生の湿原　――青春日記3　了

青春日記

2023年 9 月15日　初版第 1 刷発行

著　者　奥坂 京
発行者　瓜谷 綱延
発行所　株式会社文芸社
〒160-0022　東京都新宿区新宿1－10－1
電話　03-5369-3060（代表）
03-5369-2299（販売）

印刷所　図書印刷株式会社

ISBN978-4-286-24390-0　JASRAC 出 2304880－301